いじわるに癒《い》やして

目次

いじわるに癒《い》やして

1

その日のお昼休み——私、園田莉々《そのだりり》は負けられない戦《いくさ》を前に、腹ごしらえをしていた。

「いよいよだね、莉々」

「うん」

長テーブルのとなりから、チキンソテーを口に運びつつ声を掛けてきた木島瞳子《きじまとうこ》にしっかりと頷く。

「うらやましいよ。新商品の企画書、最後の二択まで残るなんてさー。あたしのなんて箸《はし》にも棒にも引っかからなかった」

彼女は一度フォークをお皿の上に置くと、綺麗に染まったセミロングの茶髪を、人差し指に巻き付けながらぼやいた。

そう。これから控えている戦とは、新商品の企画会議というやつだ。

私と瞳子がともに働くこの中堅の化粧品会社では、夏に向け、新たにエイジングケアライン——年齢肌用と呼ばれる、肌老化のケアを目的とした商品だ——の基礎化粧品を開発することとなった。

私たち商品開発課全員が企画書を出し、そのなかから皆でどの案を採用するか会議を重ね、絞り込んでいっている。

で、幸運にも私の書いた企画書が、最後の二つにまで残ったというわけだ。

「今回はウチの創業三十周年の記念商品でもあるし、先輩方もかなり気合入れて企画書作ったらしいのにさ。さすが莉々だよね」

「さすがって何」

瞳子の言葉に、私は味噌汁の入ったお椀を持ち上げながら笑った。

お弁当派の私は、いつも味噌汁だけを注文している。

別に何も頼まなくても食堂にいることは可能だ。瞳子はいつも食堂のメニューを注文するから、その隣にいれば不自然でもない。けれど、そうするのは何となく気が引けてしまう。

「莉々は入社当時から真面目だったから、やっぱりねって思ったの。結婚するまでの腰掛けって割り切って適当にやってる女も多いじゃん」

「そういうものかな」

「そういうものだよ。あたしだってその予定だったんだけどなー」

小気味よく返事をする瞳子は、ちょっと拗《す》ねたような顔をしている。

化粧品事業ということで、やはり普通の会社に比べれば、男性よりも女性社員の採用が多い。

新卒で入社して、今年で五年目。同期入社の女の子のなかで、寿《ことぶき》退社をした子は何人もいた。

むしろ、私と瞳子みたいにその予定が全くないほうが少数派かもしれない。

置いてけぼりを食らったようで、面白くない気持ちはよくわかる。

「ま、とにかくさ、これが通ればすごいじゃん。莉々もとうとうプロジェクトリーダーだね」

商品開発課の慣習として、企画書が通ればその発案者に企画の責任が委《ゆだ》ねられる。

つまり、私の企画書が通れば、今回のプロジェクトの責任者は私——ということになるわけだ。

「かもね。だから、気合入れて臨《のぞ》むつもり」

先輩方も張り切って取り組んでいたみたいだけれど、私だって今回の企画に懸《か》けているのだ。

幼いころから、化粧品というものに興味があった。

あらゆる女性をより綺麗に変身させることができるなんて、まるで魔法みたいだと胸が高鳴った。

学生時代も今も、その気持ちは変わらない。

だから仕事をするなら、化粧品を扱う業種に就きたいと願ったのだ。

コスメカウンターのビューティーアドバイザーという道も考えたけれど、メイクを施《ほどこ》すというよりは作り手になりたかったから、今の仕事を選んだ。

そんな私が自分のアイディアを形にできるかも、とか、その責任を負う立場になれるかも、なんて考えると、どうしても心が躍る。

今日のための準備に抜かりはない。大丈夫。やれるだけのことはやった。

あとはプレゼンをしっかりこなして、天命を待つのみだ。

「だけどさ、もうひとつ残った企画が、よりにもよって柳原《やなぎはら》くんのだなんてね」

瞳子が放った柳原という名前に、ぴくりと眉が跳ねた。

「アイツだけには絶対負けたくない」

ずずっ。私は茄子《なす》の味噌汁を啜《すす》りながら呟く。

「いっそ運命感じたりして」

「感じないし、そんな運命いらない」

「あはは、相変わらずハッキリしてんね」

嫌悪感《けんおかん》を隠さない私の台詞《せりふ》を面白がった瞳子が、噴き出しながら小さくテーブルを叩いた。

そのとき。

「酷《ひど》い言われようだな」

昼食どきで賑《にぎ》わう社員食堂だというのに、その声はクリアに耳に届いた。

とりわけ通る声でも、大きな声でもない。ただ単に、私が敏感に察知してしまうだけなのだ――

その声の主を嫌うあまりに。

反射的に後ろを向いた。

「あ、噂をすれば柳原くんじゃない。これからお昼？」

訊《たず》ねたのは私と同時に振り返った瞳子だ。

「そう。ここ空いてる？」

ここ――と指したのは私と瞳子の向かいの席。

「空いてない」

自分でもわかるくらいにトゲトゲした声で、今度は私が答える。

「誰もいないじゃん。空いてんだろ？」

「…………」

わかってるならわざわざ訊《き》かなければいいのに、と思ったけど、口には出さなかった。

柳原は悪びれもせずに私の真向かいの席に移動すると、抱えていたお盆を下ろして席に着いた。

瞳子が柳原のお皿を覗いて言う。

「柳原くんも日替わりか。今日の、結構美味《おい》しかったよ」

「へえ、じゃあ選んで正解だったな」

ニコニコ顔で頷いて、彼はちらりと私の手元に視線を向ける。

「園田はまた弁当か。いい歳して親御さんに苦労かけんなよ」

親に作ってもらってる前提で言ってるのが腹立つ。言外に、料理なんてできないんだろって馬鹿にしている気がして。

「お生憎《あいにく》さま、自分で作ってるんでご心配なく」

「え、園田って料理できるんだ」

柳原の意外そうな顔を見て、自分の予想が外れていなかったと確信する。

「莉々は料理上手だよ。あたし食べたことあるもん」

すかさず瞳子がフォローを入れてくれたことで、少しだけ不快感が薄れる。

そういえば、何回か彼女が終電を逃してうちに泊まったときに振る舞ったことがあったっけ。

「なら確かめてやるよ」

「あっ」

言うやいなや、柳原は私のお弁当箱のなかからたまごやきを摘《つま》み上げると、それをなんの躊躇《ためら》いもなく自分の口に放り込んだ。

——私のたまごやき！　今日は一切れしか入れてきてないのに！

「か、勝手に食べないでよっ」

「ん、まあ悪くないな」

「どろぼうしておいて、偉そうに言うな！」

なんて図々《ずうずう》しいヤツなんだろう。ついつい声を荒らげてしまう。

「……夫婦《めおと》漫才もいいけどさ、もうすこし声抑えてよ。ここ、公共の場なんだし」

瞳子が周囲を気にしながら、声を潜《ひそ》めて言った。

……冗談じゃない！

私は構わず続けた。

「誰が夫婦よ、漫才よ！　コイツは私の天敵なんだってば！」

ああもう！　イライラするっ！

天敵——柳原渉《わたる》は、瞳子と同じく私の同期であり、商品開発課に籍を置く男だ。

私はコイツとどうにもソリが合わない。入社以来五年間、ずっとだ。

「冷たいな。俺は園田がどうしてもって拝み倒してくるなら、結婚してやってもいいって思ってるのに」

——してやってもいい、だ？

「お、こ、と、わ、り」

歯切れよく言ってやった。……そんなことちっとも思ってないくせに！

柳原の、常に上から目線で、他人をバカにしたような態度が鼻につく。

今だってそう。ちょっと会話をするだけなのに、わざわざ私の感情を逆なでするような言葉ばかり選んでくるあたり確信犯なのだろう。

「やったじゃん莉々。柳原くんがもらってくれるって」

「柳原にもらわれなきゃならないほど、困ってないから」

私が本気で嫌がっているのを知らないのか、それを楽しんでいるのか。瞳子はなぜかいつもこうやって私たちを茶化す。

「えー、だって柳原くんて女子社員に人気あるんだよ。カッコイイって。莉々だって知ってるでしょ？」

「……それは」

うっと言葉に詰まる。私は涼しい顔で箸《はし》を動かしている柳原を見た。

顔立ちは……まあ、悔しいけどいいほうだ。いわゆるイケメンって部類に入る。

少し面長の顔に、くっきりとした二重《ふたえ》の瞳、スッとした鼻筋。一目見ただけで、あぁモテるんだろうなというような、華やかな印象を受ける。

この整った顔に、ちょっとSっぽさを感じさせる口調や仕草もカッコいい——なんて言われてるのは知ってるけど……

断言する。私はそんなふうに感じたことは一度たりともない。

きっと柳原にきゃあきゃあ騒いでいるのは、ヤツとちゃんと話したことのない子なのだろう。

実際に接してみれば、コイツがいかに失礼極まりない人間かすぐにわかるのに。


……思い返せば、柳原とは第一印象から最悪だった。

私と柳原が初めて会ったのは、まだお互いに就活生のころ、この会社の面接を受けたときだった。

当時の私は、大手の化粧品会社数社を面接で立て続けに落とされていて、ここで何とかしなきゃとかなり気張っていたのだと思う。

四対一の集団面接を前に、控室の椅子の上でガチガチになっている私に耳打ちしてきたのが――同じく面接にやってきた柳原だった。

『あんた、顔怖いよ』

『えっ』

顔を向けると、ヤツは半笑いで首を傾げていた。

『なんつーか、般若《はんにゃ》？』

しっくりはまった、とでも思ったのだろう。柳原はそう言いながら、今度は声を立てて笑う。

そして、ひとしきり笑い終えてから、さらに言った。

『そんなおっそろしい顔じゃ面接、通んないと思うけど』

『っ‼』

恥ずかしいやら悔しいやらで、自分の顔が熱くなるのがわかった。

『あ、怒った？　悪い、俺嘘吐《つ》けない性格でさ』

『…………』

『でも、面接前に指摘してもらってラッキーだったでしょ』

しばらく反論できずにいた私だったけれど、悪びれることなく飄々《ひょうひょう》と言葉を紡《つむ》ぐ初対面の男が腹立たしくなってきて、思わず口を開いた。

『……あの』

『ん？』

『にしても、失礼じゃないですか？　面白がって笑ったりして』

確かに怖い顔をしていたのはよくなかった。けど、それだけ必死だということだ。ここを落ちたら、長年の夢は叶わない。その恐怖が身体を、心を強張《こわば》らせていた。

『だから悪いって謝ったじゃん。そんなツンツンすんなよ』

『そうさせてるのはあなたでしょう』

面接を待つ他のふたりは、私たちのやりとりに気づいていたようだけど、あえてかかわってこようとはしなかった。面倒に巻き込まれたくなかったのだろう。

突っかかる私を分析するような目で見つめながら、柳原が『もしかして』と切り出した。

『就活上手くいってないの？　だからイライラしてんだ？』

『――！』

『図星でしょ』

私の顔色が変わったことで、的を射ていると確信したようだった。得意げに言った柳原の唇が、緩く弧を描いた。

『よっ……余計なお世話──』

我慢ならなくなり、椅子から勢いよく立ち上がったその瞬間、控室の扉が開いた。

『準備が整いましたので、こちらの部屋にどうぞ』

連絡役の社員が短くそう告げて、私たちを面接が行われる場所へと誘導する。

『……ま、お互い頑張ろうぜ』

柳原は余裕ぶった笑みを浮かべてから私の肩をぽんと叩き、先に歩き出す。

──その後の面接のなかで、柳原渉という名前を嫌でも覚えてしまったのは、言うまでもない。


そんな出会いだったから、どうにか内定をもらって会社で再会したときも、私は柳原への不快感を隠さなかった。

柳原のほうはというと、そんな私の態度に怯《ひる》むことなくマイペースを貫いている。……今みたいな感じで。

同期だけでなく先輩や後輩も、私と柳原は犬猿の仲だと思ってるはずだけど、たまに瞳子のように「嫌よ嫌よも好きのうち」みたいなことを言い出して、夫婦漫才だとか、イチャついてるとか、勘違いしている社員もいたりする。

念のためにもう一度だけ宣言しておく。

絶対に。ぜっったいに。柳原だけは、ない。

毎日のようにそう言っているのに、当事者である柳原まで面白がって冗談に乗っかることもあり、周囲になかなか聞き入れてもらえないのが悩みだ。

「しかも柳原くんて、わが社の御曹司じゃない。結婚したら玉《たま》の輿《こし》だよ」

うらやましい――なんて言いながら、瞳子が私を肘《ひじ》で突《つつ》いて見せる。

そうなのだ。この柳原渉のさらにいけ好かないところは、社長令息であるということ。

女子社員からの人気は、何もルックスや雰囲気だけが理由ではない。御曹司という超ド級のアドバンテージが成せる業《わざ》なのだろう。

そりゃ集団面接も余裕なわけだ。自分の父親の会社に落ちるはずがない。

むしろ形だけでも試験を受けたことが不思議に思える。

「いくら条件がよくたって、柳原が相手じゃね」

想像しただけで無理。眩暈《めまい》がする。

「つれないな。俺は園田ならＯＫだって言ってるのに」

「拝み倒せば、でしょ？」

残念そうに眉を下げてみせる柳原に、間髪いれずにそう返す。

「はは、そうそう」

本当にムカつく。

「──それより園田、このあとの企画会議、自信あるのか？」

「当たり前でしょ」

私は鼻息荒く答えた。

「おー、気合十分じゃん」

「私はね、今回の企画に懸《か》けてたの。何もしなくても将来を約束されてるお坊ちゃんとは、頑張り度合いが違うんだから」

お弁当箱のおにぎりをひとつ取り出し、ぱくつきながら言う。

まさか最後の二択に、私と柳原の企画が残るとは思わなかった。因縁、という単語が頭に浮かぶ。

……コイツが相手なら、なおのこと負けられない。

何が何でも勝ってやらなきゃ！

「企画書のコンペは立場関係ないんだし、俺だから有利ってわけじゃない。純粋に俺とお前の企画書がいいって判断されたから、最後残ったんだろ」

私のあからさまな嫌味《いやみ》にも柳原は顔色ひとつ変えずに言い返して、緩く首を横に振った。

「──とか言いつつ、最終的には俺の企画が通るだろうけどな」

「違います！　通るのは私のだから」

「おー、またやってるのか、お前ら」

バチバチと火花散る私と柳原の間に、のんびりした声が割って入る。

商品開発課の課長である富司《ふじ》さんだ。

歳は今年で三十三。物腰柔らかく、いつもフレンドリーな彼は、頼りになる私たちの直属の上司だ。

「もうすぐ企画会議だってのに、ふたりとも元気いいな」

人の好《よ》さそうな笑みを浮かべた富司さんは、食べ終わったらしいお盆を抱えていた。返却口へ向かう途中だったのだろう。

「園田、仕上がってるみたいですよ」

「他人を競走馬みたいに言うな」

柳原が私を顎《あご》で示してみせたので、即言い返した。

……くっ、またバカにして！

「相変わらず息ぴったりだな」

「もうっ、富司さんまで」

「富司さんもそう思いますよね。やっぱり莉々と柳原くん、相性いいと思うんですけど」

「瞳子も、余計なこと言わなくていいからっ」

周りは面白いのかもしれないけど、私は全然楽しくない。

私がぴしゃりと言うと、富司さんがぷっと噴き出した。

「ま、仲がいいのはいいことだ。でも会議ではお互い正々堂々やりきってくれよ。ふたりとも、期待してるからな」

じゃあな――と言い残して、彼は結婚指輪の光る左手をひらりと振り、その場を離れていってしまった。

「……仲良くなんてないのに」

恨み言みたいな呟きが唇から零れる。

「そ？　俺は結構、園田と仲良くやってるつもりだけど」

「私はそんな覚えないんですけど」

「へえ、残念」

柳原はあまり感情の籠《こも》っていない声で言うと、片手でひょいとお盆を持って立ち上がった。

「あれ、もう食べたの？」

……いつの間に。私と瞳子が目を瞠《みは》る。

「あんまりチンタラ食べてると会議に遅れるぞ。俺に怖気《おじけ》づいて不戦敗にしようってことならそれでも構わないけどな」

「はっ？」

「じゃ、お先。木島もまたな」

柳原はそう言うと、課長と同じく返却口のほうへと歩いていく。

「柳原くん、じゃあね」

瞳子が彼の後ろ姿に声を掛けてから、こちらに向きなおった。そして、内緒話のトーンで言う。

「――あたしとしては、さ。莉々にその気がなくても、柳原くんはまんざらでもないと思うんだけど」

「え？」

「だからー、柳原くんのほうは、莉々に気があると思うんだよね」

……またその話か。私は深いため息を吐いた。

「何でそうなるかな」

「だって、柳原くんがあんなふうに接する女の人って、莉々くらいじゃない？　それって、距離が近いからでしょ。親しみを感じてるっていうかさ」

御曹司であるとはいえ、アイツは社内の人に対してはごくごく普通の振る舞いをしている。瞳子の言う通り、露骨に態度を変えるのは私くらいなものだ。でも。

「距離が近いとか、親しみを感じるとか、そういうことじゃないよ。初めて会ったときに見下す感じで接したから、今さら態度を変えられないだけでしょ」

あの最悪な出会いを、瞳子には話してある。

きっとヤツは、初対面の私に性根の悪さを露呈《ろてい》してしまったため、引くに引けないだけなのだ。

「でもそのときの話だって、よくよく聞けば柳原くんの優しさだとも思えるじゃない。莉々の緊張を解《ほぐ》してくれたわけでしょ。そのおかげで、こうして採用されたわけだし」

「………………」

まあ、私だって全くそんなふうに考えなかったわけじゃない。

ああいう場で他の就活生に話しかけるのはそれなりに勇気がいるし、みんな自分の面接のことで精一杯だから、余裕なんてない。

柳原にとっては形だけの面接だったかもしれないけれど、それでも他人にわざわざ首を突っ込むのは面倒だろう。

……だとしたらやっぱり、見るに見かねて助けてくれたってことなんだろうか？

そこまで思いめぐらせてから、私は首を横に振り、自分に言い聞かせるように言った。

「ないない！　あれは優しさなんかじゃなくて、からかっただけだよ」

「えー、そうかな？」

「あれ以来、私にはずっと失礼な態度ばっかりとるんだから。一目会ったときから、『コイツはからかいがいがある』とかそんなふうに思ってるんでしょ、きっと」

普段の言動を思い出し、またムカムカしてきた。

自信満々のアイツをぎゃふんと言わせるチャンスだ。何が何でもこのあとの会議、自分の企画が通るように力を尽くさなければ。

「頑固だねー、莉々も。……ま、いいや、もし柳原くんのことが好きになっちゃったーなんてことになったら、ちゃんと相談してよね。協力してあげるから」

「まさか！」

なんて恐ろしいことを。あまりのおぞましさに身震いする。

語尾にハートマークが見えるような口調で言う瞳子を一蹴《いっしゅう》したけれど——

そのまさかの出来事が迫っているだなんて、このときの私は、全く想像していなかった。

2

帰り道。私は軽やかなステップを踏みながら、自宅の最寄りの地下鉄駅の階段を上っていた。

勝った。勝った。勝った。

憎き柳原との一騎打ちで、私の企画が通ったのだ。

抑えようと思っても、喜びが溢れて止まらない。

きゅっと締めたはずの唇もだらしなく緩んで、自然と笑みが零れる。

万全の状態で臨《のぞ》んだとはいえ、柳原の企画書もかなり丁寧に作られていた。

私の企画書はどちらかというと実現性を重視した路線で纏《まと》めたものだったのだけれど、柳原のは斬新《ざんしん》でユニーク。方向性が全く違っていたので、商品開発課の意見は割れた。

結局、エイジングケア商品を出すのは初めてだし、まずは手堅いほうでいってみようという流れになり、私の案が採用された。

辛勝《しんしょう》とはいえ、勝ちは勝ち。

会議のあと、ここぞとばかりに柳原に自慢してやったけど、ヤツのほうは大して悔しがる様子はなく、むしろ、

『園田がプロジェクトリーダーなんて大丈夫か？　うちの会社の記念商品、潰すなよ』

……とか、どこ吹く風って感じだったっけ。

けど普段ならイライラさせられるはずのそんな煽《あお》りも、今日だけは気分がいいから許す！

あんなにきちんとした企画書を書いたわけだし、本当は柳原だって残念に思ってるはずだもんね。

そう考えたら、憎まれ口くらいスルーしてあげなきゃ——なんて、私の心には余裕ができたりしていた。

気分がいいのは、終業後に瞳子と軽く祝杯を上げてお酒が入っているせいもある。

何かを成し遂げた後のお酒って、本当に最高だ。入社以来、今日ほどビールが美味《おい》しいと感じたことはなかった。

「ふうっ……」

アルコールで少し火照《ほて》った頬を押さえながら階段を上ると、見慣れた大通りの景色が広がる。

いつもと同じ景色のはずなのに、街灯の光がキラキラとイルミネーションみたいに輝いて見えた。

「ついに私もプロジェクトリーダーかあ」

コンペの段階では可能性だった事柄が、急にリアルに感じられた。自宅に向かう足取りが速くなる。

駅から徒歩四分という、通勤には恵まれた場所にある八階建てのマンション。その五階にあるのが我が家だ。

建物自体は古いのだけど、三年前にリフォームしたので室内は割と綺麗だったりする。

「ただいま」

「おかえりなさい。遅かったわね」

扉を開けると、キッチンのシンクで作業をしていたらしい母が振り向いて返事をしてくれる。

「ね、お母さん聞いて聞いて。ついに通ったの、私の企画！」

「ま、本当？」

「それでね、新企画のプロジェクトリーダー、任せてくれるって！」

矢も盾《たて》もたまらず報告すると、母は一瞬驚いた表情を浮かべたあと、うれしそうに笑った。

「おめでとう。莉々、すごく張り切ってたものね」

「うん」

私はひとりっ子だから、家のなかでの話し相手はもっぱら母になる。

専業主婦の母と私は、お互いに隠し事をせずに話し合う「友達親子」という感じなのだ。

「あら、飲んで来たの？」

微《かす》かに漂《ただよ》うアルコールの匂いを感じ取ったらしく、母が訊《たず》ねる。

「瞳子とね。お祝いしてもらったよ」

「そうなの、よかったわね。瞳子ちゃんに、また遊びにいらっしゃいって伝えておいて」

母は瞳子のことを気に入っているみたいで、彼女をやたらと家に呼びたがる。

「わかった」

「お腹は空いてない？　もし足りないなら今日の夕飯の残りがあるけど」

「ううん、大丈夫。それより、明日の準備しなきゃ」

明日から早速、例のプロジェクトが動き出すのだ。まだ用意できる資料やデータがあるかもしれない。

「うふふ、大変ね。でもせっかく任されたお仕事なんだし、悔いのないようにやりなさい。お母さんも、普段の生活のなかでサポートできることがあれば、何でもするから」

「ありがと」

心強い一言をもらい、その日は上機嫌で眠りについた。

——全てが順調に進み始めたと思ったその矢先。

初めてのリーダーという使命感に燃える私は、その使命感が仇《あだ》となって、いきなり大きく躓《つまず》いてしまうことになる。

「エイジングケアの商品ですので、パッケージのカラーはパープルを想定しています。品があり、対象年齢層の女性のイメージにピッタリはまると思いますし、またそういった層が好むカラーでもあります」

翌朝。私は会議室の円卓に座る社員全員に配布したA４の資料を捲《めく》りながら、参考用の画像を示して説明していた。

今回のプロジェクトメンバーに選ばれたのは私を含めて六人。そのなかには、上司の富司さんや瞳子も含まれている。

「あの、いいですか」

小柄な女子社員がおずおずと手を上げる。

彼女は二年後輩の矢吹《やぶき》さんだ。

矢吹麻衣香《まいか》——ほんのり茶色く染めたふわふわのボブに、陶磁器《とうじき》のように白くつるんとした肌。大きな目、長い睫《まつげ》に小さな口の、いわゆる小動物タイプに分類される子。

開発側というよりはコスメカウンターのほうが似合う印象の彼女に小さく頷いて、先を促す。

「どうぞ」

「えっと……その、参考画像のパープルは他のメーカーでもエイジングケアラインのイメージで多用されている印象があるので、もう少し変化があってもいいかな、と思うのですが……」

うちの会社のいいところは、経験の浅い社員も躊躇《ちゅうちょ》せずに意見を述べられるところだと思う。大きなメーカーだと、経験を積んだ社員の独壇場《どくだんじょう》になる傾向が強いと聞く。ゆえに、若者の意見はなかなか拾ってもらえないらしい。

私も初年度から自分の考えを言えたし、それが糧《かて》になったと感じているので、後輩の子たちにも何でも言ってほしいと思っている。

「変化っていうと？」

矢吹さんは小さく「んー」と呟いてから、続けた。

「例えば、結構ピンクに寄せてしまうとか……」

「ピンクだと若年層向けな印象になってしまうんじゃないかな、と」

私は参考用の画像に目を落としてから言った。

ピンクという路線は、私も一度は考えていた。

でも、他のメーカーを見ても、ピンクは十代後半から二十代半ばくらいまでの女性がターゲットの商品に多く使われる傾向にあり、エイジングケアのイメージにはそぐわない気がしたのだ。

「ピンクでも、こう、ポップじゃなくて、品がある感じなら受け入れられるように思うんですよね。他のメーカーとの差別化もできますし……」

「うーん……」

確かに、パープルだと他社の商品と印象が似通ってしまうというウイークポイントはある。けれど、パッケージ以外に価格帯や内容でも十分に差別化はできると思うし、我が社として初めての試みなので、まずは王道路線で行くべきなんじゃないかと、個人的には思う。

「あとすみません、私からも」

今度は矢吹さんのとなりに座る女子社員が手を上げる。

「猪野《いの》さん」

彼女は猪野七海《ななみ》。矢吹さんの同期だ。

守ってあげたいタイプの矢吹さんとは対照的に、猪野さんはハキハキ、キビキビとした男勝りな女性。

真逆の性格のふたりは互いにないものに惹《ひ》かれたのか、プライベートでも仲がいいようだ。私と瞳子のようだな、と普段の彼女たちを見て思っていた。

「広告宣伝モデルとして、ちょうどターゲット層の年齢の女優さんの名前が書かれていますけど、それも少し使い古されたやり方かなと感じます」

猪野さんは私の目をしっかりと見据えて続けた。

「今の時代なら……極端に言えば、インターネットでモニターを募集して、無作為に選んだ方々に一定期間試してもらって感想を聞いて載せる、というくらいのほうが、インパクトがあるかなと」

「……インパクト……」

想定外の意見に戸惑い、言葉に詰まる。

うちのような、大手でない化粧品会社が商品を売るには、まずその存在を知ってもらわなければならない。

そのためには宣伝が必要不可欠だと思っていた。ＣＭやポスター、ドラッグストアへのビューティーアドバイザーの派遣などで、お客さんを取り込むのだと。

「じゃあパッケージと広告宣伝についてはまた機会を改めよう。まだ決めることは山のようにあるからな――園田、先を進めて」

なかなか返答できずにいる私を見かねて、富司さんが言う。

「は、はい……」

会議室の空気が少しギクシャクしたのを感じつつ、その先、私は資料の続きを読み上げるのに必死だった。

「莉々ー、何落ち込んでんの？」

いつものように、瞳子とふたりでの昼食時間。社員食堂のテーブルにお弁当箱を広げたまま手をつけない私を見て、彼女が優しく訊《き》いてくれる。

「そりゃ落ち込むよ。全然手ごたえないっていうか、上手く進みそうにないっていうか……」

私は味噌汁に映る自分の情けない表情を見つめながら、盛大にため息を吐いた。

あのあとも、何か一つ決めようとすると誰かと意見が食い違ってしまう——ということが繰り返され、結局プロジェクトメンバーの気持ちが纏《まと》まらなかったのだ。

「莉々もさ、頑張って企画書を仕上げたのはわかるんだけど、ちょっと頑固なんだよね。あくまで莉々が作成したのは土台であって、あとはメンバーの意見を擦り合わせて作ってくものじゃない」

「……わかってるんだけど」

私ひとりでは仕事は進まないことくらい、頭では理解しているのだけど……

「考え方の違う人間が六人も集まってるんだから、意見が違っちゃうのはしょうがないよ。それをどーにかするのがプロジェクトリーダーの腕の見せどころなんじゃないかなあ」

「その通り」

予想外の合いの手が入り、ぎょっとして後ろを振り返る。

「柳原……」

「聞いたぜ、園田。会議、大変だったんだってな」

柳原は昨日そうしたのと同じように私たちの正面に回ると、お盆を置いてさっさと座った。

「座っていいなんて言ってないんだけど」

「どうせ空いてんだろ。気にするなよ」

「柳原くん、今日もあたしと同じメニューだね」

瞳子がそう言うのでふたりのお盆を見比べてみる。どちらもカレーライスのお皿が載っていた。

「木島とは気が合うみたいだな」

柳原は親しみのある笑みを瞳子だけに向けたあと、「で――」と話を戻した。

「会議、なかなか進まなかったって。やっぱ園田にプロジェクトリーダーはまだ早すぎたんだろ」

半笑いで歌うように言う柳原。

今回のプロジェクトメンバーのなかに、一年後輩で柳原と仲のいい広瀬《ひろせ》くんという男子社員がいる。どうせ彼から会議の様子を聞き出したんだろう。

そして、わざわざこんなふうにからかいに来ているのだ。

……企画会議で負けた憂《う》さを晴らしてるつもりなんだろうか。相変わらずの性格の悪さだ。

だけどさっきの不調和が相当こたえていたので、今の私は柳原のちょっかいを簡単に受け流せない。

「……うるさいな」

自分でも返事をする声が弱々しく響くのがわかった。

瞳子が私をちらりと見てから、苦笑を浮かべる。

「あー、柳原くーん。今日の莉々は結構いっぱいいっぱいみたいだからさ、あんまり刺激しないであげて～」

「え、もしかして落ち込んでんの？」

驚いた、というように柳原が私を見つめる。

「…………」

落ち込んで悪いか――と言い返す気力もない。

無言を肯定の意として受け取ったのだろう、柳原はなぜかムスッとした顔で言う。

「園田のいいところなんて、気の強さと打たれ強さに尽きるのに。そんなんでどーすんだよ」

「何よそれ、どういう意味？」

自分のことをそんなふうに思ったことなんて一度もない。

「俺に対してはそうだろ。俺が何言ってもギャーギャー言い返してくるじゃん」

「はぁ？　それは柳原がくだらないことばっかり言ってくるからでしょ」

こっちだってわざわざ喧嘩《けんか》みたいなやり取りはしたくない。原因は柳原のほうにあるっていうのに。

「くだらないとは失礼だな。……ま、でもそういうことなら仕方ないか」

柳原は小さく息を吸い込んでからそう言うと、まだ全く手を付けていなかったお盆を持ち上げて立ち上がる。

「せっかくだから園田をからかいながら食おうかと思ったけど、そんな調子じゃつまんないし、またにするわ」

「え、柳原くん行っちゃうの？」

瞳子の問いかけに、柳原は「ああ」と頷く。

「面倒くさいだろうけど、木島、園田のこと慰《なぐさ》めてやって」

柳原はそれだけ言い残して、他の同期の男子社員がいるテーブルへと移って行った。

その姿を見届けてから、瞳子がくすっと笑う。

「やっぱり柳原くん、莉々に気があると思うな」

「……だから、なんでそうなるの、今の流れで」

「だって今、わざわざここに座ったのに席移動したじゃない。莉々に気を遣ってあげたんだと思うよ」

「気を遣った？」

「自分と一緒だと、莉々が余計にイライラしちゃうって思ったんじゃないかな。まぁ、あくまであたしの推測だけど」

「それはないでしょ」

そんな気を遣える人なら、普段から私に突っかかってくるはずがない。

「けど、莉々が元気ないって気づいたら、それ以上嫌がるようなことは言わなかったでしょう？」

「それは、まあ」

「それはやっぱり、柳原くんなりに気を遣ってるってことなんだと思うな」

「………」

柳原なりに、ねえ。

普段、私をからかって楽しんでいるあの男が、そうやって気を回したりするだろうか？　たとえそれが本当だとしても、今まで繰り返されてきた悪行を思うと、素直に受け取ることはできない。

「……変なの」

――調子が狂う。

何よ、柳原のヤツ。いつも通りにしてればいいのに。

「柳原くんもこうやって気にしてくれてるみたいだし、例のプロジェクト頑張ろ、莉々」

瞳子がにっこりと笑みを浮かべる。私を元気づけようとしてくれているのだ。

「あたしに協力できることがあったら手伝うから。……って言っても、あんまり頼りにならないかもしれないけどさ」

「ううん、そんなことない。ありがとう、瞳子」

瞳子の優しさがじんわりと心に沁《し》みる。

っていうか、そうだよ。そもそも柳原のことなんて考えてる余裕ないんだってば。

今は、せっかく任せてもらったこのプロジェクトを成功させることだけに集中しなきゃいけないんだから。

ふと過《よぎ》った柳原の顔を振り払うように首を横に振り、冷めた味噌汁にようやく口を付ける。

「プロジェクトのこと、必要以上に考えすぎないほうがいいよ。リーダーするのも初めてなんだし、要領を掴めばスムーズにいくって」

「うん。……そうだといいな」

要領さえ掴めれば——

私は瞳子の言葉を心のなかで繰り返し、のどに刺さった魚の骨のように居座り続ける不安を打ち消した。

ところが、追い出したはずの不安は、日が経つごとに増していく一方だった。

会議を重ねるたびに、意見のすれ違いは多くなっていく。

その原因の多くが私にあることは、私自身、実は最初の段階で気づいていた。

瞳子にも指摘されていたことだけど、自分が発案したということもあって自分の意見をなかなか曲げられないのだ。

これを書き上げるまでに、色んなメーカーの同じ路線の商品を見比べて研究してきたつもりだ。だからこそ、自分が作った企画内容に対して自信があった。

なるべくこの企画書の通りに進めたい——という頑《かたく》なな気持ちが、プロジェクトメンバーに伝わってしまっていたのだろう。

意見の対立を繰り返すごとに、メンバーの気持ちも私から離れていくような気がすることも、さらに不安を煽《あお》った。

「莉々、最近疲れた顔してるけど、平気？　ちゃんと寝てるの？」

朝の出勤の時間、自分のデスクの椅子にコートを掛け、通勤用のトートバッグを置いた私を見るなり、眉を顰《ひそ》めた瞳子がヒソヒソ声で訊《たず》ねてくる。

「うん。寝てるよ」

私は無理やり笑顔を作って答えた。

だけど、それは嘘だ。最近は仕事のことばかり考えてしまって、夜はなかなか寝付けない。考えているうちに心配ごとがどんどん浮かんできて、結局一睡もできずに目覚めた朝もあった。

けれど、そんなことを話したら、瞳子は心配する。

同じプロジェクトに瞳子がいるだけで、気分的には大分救われている。会議で他の社員と派手にぶつかったときにも「大変だったね」と労《ねぎら》いの言葉をくれる彼女は、今や私にとって唯一の救いと言っても過言ではないかもしれない。

そんな彼女に、これ以上迷惑はかけたくなかったし、弱いところも見せたくないと思ったのだ。

「本当……？」

瞳子はまだ疑わしそうな目で私を見ている。よっぽど疲労が顔に出ているのだろうか。

「本当だよ」

「『ディアマント』のストレス、酷《ひど》いよね？」

『ディアマント』とは、例のエイジングケアラインのブランド名だ。この名称に決まったのは、つい先日のこと。

ドイツ語でダイヤモンドという意味を持つこの単語には、いつまでも眩《まばゆ》く光る綺麗な肌を保ってもらおうという願いが込められている。

正直な話、これに決まるまでも、結構揉《も》めた。このブランド名に納得していないメンバーもいるに違いない。

とはいえ、私だって妥協に妥協を重ね、最終的にこの単語に辿り着いたのだ。

全員が納得する解決策なんてありえない。ならば、リーダーとして、私がある程度引っ張っていかなきゃいけないと思って。

私ははっきり「ううん」と言った。

「だから平気だって。……これから会議だよね。先に会議室行ってるね」

瞳子の返事を聞くより先に会議室に向かったのは、これ以上彼女と向き合っていたら、本音を悟られてしまうかもとおそれたからだ。

今の私は、まるでパンパンに膨らんだ風船みたいだ。少し尖《とが》ったものでチクリと刺せば、たちまち破裂してしまう。

たとえそれが、どんな小さなトゲであっても。

会議室の前に辿り着くと、扉がうすく開いていた。なかから女性の話し声が聞こえる。

「それにしても、園田先輩があんなに頑固だとは思わなかった」

ため息まじりの声の主は、猪野さんだ。

まさか自分の名前が聞こえてくるとは思わなかったので、背中にヒヤリと冷たいものが走る。

聞いてはいけない。一度離れるべきだ——頭ではそう思うのに、身体が動かない。

私は室内の会話にそっと耳を傾けた。

「そうだね……何を言っても、『でもそれは～』って言い返されちゃうし」

猪野さんよりもか細い声。会話の相手は、矢吹さんだ。

「園田先輩、口調がちょっとキツいからさ、麻衣香もすぐに引っこめちゃだめだよ。自分の意見が正しいと思ったら、ちゃんと貫かないと」

「うん、そうなんだけどね……」

「私たちの意見、ちっとも反映されてない気がしない？　これだったら、園田先輩ひとりでやればいいのにって思うよね。別に私たちの意見なんていらないんだろうし」

「……他の先輩がリーダーだったときは、もう少し拾ってくれてたかなって思う」

「今回の『ディアマント』も、もしかしたら柳原先輩のほうがやりやすかったかもね。園田先輩と違って、石頭じゃなさそうだし」

ふたりの会話を聞きながら、私の心臓は、その音が室内に届くのではないかとヒヤヒヤするほど、強く鼓動していた。

今回のプロジェクトメンバーのなかでも、特に彼女たちとは意見が揃わないことが多かった。

だからきっと、あまりよく思われていないのだろうな……という予感はあったのだ。

でも、現実にその意見に直面すると、やっぱりショックだ。

疎《うと》ましく思われていた上に、よりにもよって柳原と比較されるなんて――

「っ！」

とんとん。誰かが背後から私の右肩を叩いた。

声をもらさないように息を詰め振り返ると、そこには、今この瞬間一番顔を合わせたくない男がいた。

「部屋、入んないわけ？」

ソイツ——柳原はいつもの飄々《ひょうひょう》とした様子でそう訊《たず》ねる。

「……今、入れるわけないでしょ」

柳原が大分声のボリュームを抑えていたので、私も同じくらいの音量で返す。

「何で？」

「どうせ柳原も聞いてたくせに。……あの子たちが、私の悪口言ってたの」

いつから後ろにいたのかは知らないけど、こうしてなかのふたりに気づかれないように声を掛けてくるということは、そういうことなんだろう。

「………」

バレたか——とでも言いたげに、柳原が肩を竦《すく》める。

「ま、園田の口調がキツいっていうのは間違ってないな」

「やっぱり聞いてたんじゃない」

「わざとじゃねえよ。お前に声掛けようと思ったら、神妙な顔で耳澄ましてたからつい、な」

「……っ」

私は居たたまれなくなって踵《きびす》を返し、小走りに駆け出した。

「おい、園田——」

「トイレ。ついてこないで」

柳原が引き留めようとするのを振り払い、静かに言い放つ。

泣き出してしまいそうな顔を見せないよう、私は女子トイレへ急いだ。

悲しくて惨《みじ》めだった。

自分の仲間に陰口を叩かれていたことも、柳原のほうがリーダーにふさわしいと思われていることも……そして、それを柳原に知られたことも。

全ては自分が至らないせいだとわかっている。あのふたりを責めるのは間違っていると。

けど、自分なりに一生懸命取り組んでいたことが、こんなにも空回りしていたなんて。

エントランスの脇にある女子トイレの外扉を開け、個室に籠《こも》ると、外蓋の閉まった洋式トイレの便座を椅子代わりにして崩れるように座り込んだ。

「……しっかりしなきゃ」

少しだけ。少しだけここで気持ちを整えたら、会議室に戻らなきゃ。

あんなことを聞いたあとでも……ううん、聞いたあとだからこそ、逃げてはいけないのだ。

――しばらくして、私は気力で立ち上がると、重い足取りで来た道を戻った。

退社時刻を迎えるころには、私は身も心も疲れ切っていた。

朝の会議も、結局直前の出来事を意識しすぎて散々だったし、午後には富司さんに呼び出されて注意を受けるまでになってしまった。

『ひとりで何でもやろうとするな』とか『もっとプロジェクトメンバーを頼ってやれ』とか。内容的にはそんな感じだったけど、普段、部下に対して自由にやらせてくれる上司にまで、かなりしっかり言われてしまったことが、私の朝の傷口をさらに広げていた。

どうして上手くいかないんだろう。私はただ、よりよい商品を作りたいだけなのに――

自分のデスクでぐるぐるぐるぐる同じことを考えていたら、いつの間にか退社時間を過ぎていた。

何だか今日は特別に疲れてしまった。真っ直ぐ家に帰って横になれば、すぐにでも眠れそうな気分だ。

寝れるときにゆっくり寝ておこう。

そうすれば、この鬱々《うつうつ》とした気分も翌朝にはリセットできるかもしれない。

私は大きく息を吐き出すと、椅子に掛けていたコートを羽織り、トートバッグを抱えた。そして、エントランスを抜け、エレベーターホールに出る。

我が社は都心のオフィスビルの七階にある。オフィスとは別に工場もあるのだけれど、それは他県の山奥に位置していて、かなり離れているのだ。

開発が進めば、そのうち工場のほうへも頻繁《ひんぱん》に足を運ばなければいけなくなるだろう。

……無事にそこまで辿り着ければいいんだけど。

なんてモヤモヤしつつ、エレベーターのボタンを押して到着を待っていると……

「ずい分出てくるの遅かったな。残業か？」

そう不意に声を掛けられた。

エレベーターホールのそばには、自動販売機とベンチが設置してある。

私を見つけてそのベンチから立ち上がった柳原が、不思議そうに訊《たず》ねた。

「……べ、別に」

私はわざと柳原に背を向けて、ひたすらエレベーターの階数表示ランプを見上げた。ランプはまだ三の部分で点灯している。

「今日ずっと、俺のこと避けてんだろ」

柳原はそんな私の様子なんてお構いなしに、わざわざ私の前に回り込んでくる。

「そ、そんなことないけど」

言い当てられてドキリとする。

今朝の一件が気まずくて、なるべく顔を合わせないようにしていたのだ。

お昼休みは瞳子に頼んで食堂ではなく外の店で食べたし、終業後もしばらく自分のデスクでやり過ごし、帰りの時間がかち合わないようにした。

……なのに、まさかこんな場所で遭遇するとは。

「ふーん、あっそ」

ちっとも信用していないような言い方だった。

……ああ、困った。早くひとりになりたい。

もう一度上を仰ぎ、階数表示ランプを見やる。まだ五階だ。

こういうとき、流れる時間がやけにゆっくりと感じる。

「――それはそうと、園田。『ディアマント』の広告宣伝、結局大規模なモニター募集にすることにしたんだろ」

「え？　……あ、うん」

隠す必要もないので素直に頷く。どうせまた広瀬くん情報だろう。

私は高級感を持たせるために女優さんを起用するべきだと主張したのだけど、今はインターネットでモニター使ったほうが安上がりだし口コミが期待できるとのことで、最終的には猪野さんの意見が通ったのだった。

けれど、私は納得していなかった。費用が抑えられるのはいいことだけど、モニターで広告を構成するということは、イコール素人《しろうと》を起用するということだ。

エイジングケアラインは一般的に高級感や上質感を売りにするものなのに、それでは安っぽく見られやしないだろうか、と。

……でも、それが柳原とどう関係するのだろうか？

「俺、『ヴィクトワール・ペタル』の商品企画で広告宣伝担当だったんだよな。で、そんときも同じようにネットを使ってモニター募集して感想もらって――みたいなやり方だったんだよ」

『ヴィクトワール・ペタル』は、幅広い年齢層向けのオールインワンジェルで、発売当初は在庫切れを心配するほどの売れ行きを記録した、最近のわが社の一番のヒット商品だ。

「そのときの戦略を俺なりに纏《まと》めた資料がまだ残ってると思うんだけど……使うか？」

「えっ」

思ってもみない申し出だった。私が素《す》っ頓狂《とんきょう》な声を出すのと同時に、エレベーターの扉が開く。

私よりも先に柳原が乗り込むと、彼は「早く」と私を促した。

「あ、ごめん」

続いて私もエレベーターに乗り込む。

「えっと、戦略の資料って……？」

左右から扉が閉まる。外界からの空気が遮断され、私の声はエレベーター内でよく響いた。

「そ。アレって結構当たった商品だし、同じようにできたら『ディアマント』の売り上げも期待できそうだろ」

「そりゃ、貸してもらえるっていうならぜひほしいよ」

『ディアマント』プロジェクトの成功は、私が今最も望んでいることだ。迷わず答える。

「それ、家にあるんだ。ほしいなら、今から取りに来いよ」

「は？」

思わず訊《き》き返してしまった。

「今から？　柳原の家に？」

「ほしいヤツが頭下げて取りに来るのは当たり前だろ。仕事のあとの貴重な時間をお前のために割《さ》いてやるんだから感謝しろよ」

「うっ……」

それを言われると弱い。

なぜ、柳原が急に親切心を見せて来たのか理由はわからないけれど、私にとってはその資料はとても魅力的で、喉《のど》から手が出るほどほしいものであることには違いない。

ほどなくして、エレベーターが一階に到着する。先に柳原が出て、私がその背を追い掛ける。

「――で、どうする。来る？　来ない？」

振り向いた柳原が首を傾げて訊《たず》ねた。

「行く！　だって資料ほしいもん」

私がそう答えると、柳原はふっと笑った。

「OK。じゃあ車取ってくるからビルの前で待ってな」

3

オフィスの近くにある専用駐車場からブラックのセダンに乗ってきた柳原が、助手席に私を乗せて走り出す。

綺麗に整理整頓《せいとん》された車内は、ほのかに清潔感のある香りがした。

「車で通勤してるんだ」

知らなかった――というより、興味がまるでなかった。私が言うと、彼は「そう」と頷く。

「車だと十五分くらいで来られるから。あと、通勤電車の煩《わずら》わしさがないだろ」

「それは楽だよね」

毎朝あの時間が来るたびにげんなりする。その点、車は渋滞はあっても息苦しさはないだろう。

「私は免許持ってないから、車で通勤なんて考えもしなかったな」

「それ、マジ？」

私をちらりと見やった柳原は、目を丸くして言った。

「だって、都会にいれば電車とか地下鉄のほうが時間読みやすいじゃない」

「まあそうかもしれないけど、身分証代わりにみんな持ってるモノだと思ってたわ」

「すみませんね、持ってなくて」

「本当は仮免落ち続けたとか、そんなんじゃなくて？」

「バカにしないでよ」

そんなわけあるか。

私がべーっと舌を出すと、柳原は「だよな」なんて言いながらおかしそうに笑った。

「他人のこと面白がってないで、運転に集中してよね」

「平気平気。勝手知ったる道だし、俺運転上手いもん」

「ふーん」

適当に頷きながら、ヤツの手元を見る。

片手ハンドルってことは、本人の言う通りそれなりに慣れているのだろう。免許がなくてもそれくらいなら何となくわかる。

「昔から手先は器用なんだよな。工作みたいな細かい作業とか、楽器弾いたりすんのも得意だった」

「楽器?」

「ピアノとバイオリン。親の趣味でね。もうほとんど忘れたけど」

「はぁ……」

さすが御曹司。なかなか高尚な習い事をしていたみたいだ。

何でもない会話を交わすうち、柳原の住むマンションの駐車場に到着する。

「先出て、ロビーで待ってて」

と言われたので、先に車から降りると、私は駐車場内に設置されているエレベーターでロビー階の三階に上がった。

どうやらこのマンションは造りが変わっていて、駐車場が二階、エントランスと直結しているロビー階が三階になっているようだ。理解するのに少し時間が掛かってしまった。

エレベーターホールに設置された革張りのソファで、柳原が来るのを待つ。

ホールには三基のエレベーターが設置されていて、そのうち一基は九階以上のフロアじゃないと止まらないようになっている。駐車場からロビーに移動するとき、エレベーター内の押しボタンを見て、このマンションが十五階建てであることを知った。

それにしても、ホテルを思わせるような立派なマンションだ。

冬だからだろうか、ロビーの中央に白い木々を模した豪奢《ごうしゃ》なオブジェが飾ってあるけれど、大きさといい迫力といい、そんじょそこらの住まいではまず見かけない代物《しろもの》だ。

まあ、このあたりは高級住宅街として有名だし、彼の家のことを考えれば驚くようなことでもないのかもしれない。

ほどなくして、中央のエレベーターの扉が開いた。柳原がロビーに到着する。

「乗って」

開ボタンを押している逆の手で手招きをされたので、傍《かたわ》らに置いていたバッグを掴んでエレベーターに乗り込んだ。

柳原が九階を押したあと、エレベーターが閉まる。

「ずい分大きなマンションに住んでるんだね」

エレベーターがゆっくりと上昇する。

駐車場の広さでもしかしてと思い、ロビーの様子で確信した。家賃を想像するのが怖い。

「インドアな趣味が多いから、ゆっくりできる家がよかったんだよ」

「インドアって、どんな？」

「読書とか、映画鑑賞とか」

「そうなんだ」

相槌を打ちながら、意外だなと思う。

そして改めて、付き合いは長いくせに柳原のことを全然知らないのだと気づいた。顔を合わせれば口喧嘩《くちげんか》ばかりでも、五年も接していれば自然とわかりそうなものなのに。

九階に到着すると、柳原は私を『913』と書かれた部屋の前まで誘導する。

廊下が一面絨毯《じゅうたん》になっているなんて、本当にホテルみたいだ。

俯《うつむ》いて、絨毯に描かれた形の異なる四角形を眺めていると、カチリと施錠を解く音が耳に届いた。

「――入って」

「……お邪魔、します」

顔を上げ、重厚な扉を押さえてくれている柳原より先に、玄関を潜《くぐ》る。

白い大理石のたたきに脱いだパンプスを揃え、正面の扉をそっと開けた。

――カーテンがぴっちり閉められた室内は真っ暗で、何も見えない。

「今点《つ》けるから」

背後に立っていた柳原の手が、私の右手側に伸びてくる。

彼がルームライトのスイッチを探るように押すと、部屋のなかがパッと明るく照らし出された。

入ってすぐ視界に飛び込んで来たのが、L字のしっかりしたカウチソファとガラスのローテーブル。その奥に広々としたベッド。

カウチの正面には壁掛けのテレビにローボードが配置されている。

一つ一つの家具に存在感がある割には、すっきり広々とした印象だ。家具全体がシャープなラインで纏《まと》められているからかもしれない。

「綺麗にしてるんだ」

外観やロビー、廊下に引き続き、室内までもがホテル仕様。自宅に招かれたというのに、生活感があまり感じられないのが不思議だ。

「掃除は割と好きだよ。というか、散らかってるのが好きじゃないんだ」

そういえば車のなかも綺麗に掃除されていたっけ——と思い出すのと同時に、彼のデスクがいつもきちんと整頓《せいとん》されていることも頭を過《よぎ》った。

「突っ立ってないで、座れば」

「あ、うん」

顎《あご》でカウチを示されたので、素直に従い腰掛ける。

会社でしか会わない人間の、プライベートな空間にいるのだと思うと変に緊張する。

柳原はローボードの抽斗《ひきだし》からクリアファイルに入ったプリントの束を取り出すと、テーブルの上に置いた。

「——これが約束の資料な。返すのはいつでもいい」

「あ、ありがと」

手を伸ばしてクリアファイルを取り、中身を確認する。……間違いない。

「じゃあ、私はこれで」

目的は果たした。さっさと腰を上げようとした私に苦笑し、柳原が手で制した。

「冗談だろ。もう少しゆっくりしていけよ」

「でもほら、迷惑だし」

「何が迷惑。見ての通りのひとり暮らしだし、何の気兼ねもない。……それとも」

柳原がカウチの背もたれに手のひらをつき、斜め上から私の顔を覗き込む。

「警戒してんの？　俺のこと」

「っ……」

近い。ともすれば唇同士が触れてしまいそうなほどに。

「当たり？」

いつもの揶揄《やゆ》めいた瞳じゃなく、射抜くようなそれで真剣に問われる。

何、この雰囲気。この状態。

ふわりと柳原の香りが漂《ただよ》う。いつも彼が好んでつけている香水の、爽《さわ》やかな香りだ。

どきん、と鼓動が高鳴った。普段であれば気にも留めないはずのその香りが、距離の近さを思い知らせてくる。

ここは柳原の家。私たちはふたりきりで、もし何かが起こったとしても、それを他の誰かに知られることはない。

もし何かが起こったとしても――

その瞬間、膝頭《ひざがしら》に温かな感触がした。彼が、カウチに置いた手とは逆の手のひらで触れてきたのだ。

――え、ええ!?

頭が混乱した。……何なの、何だっていうの!?

戸惑っているうちに、膝頭からふくらはぎのほうへと手のひらが滑っていく。

「園田」

「はっ、はいっ」

おもむろに名前を呼ばれてさらに募る緊張感。つい、返事が畏《かしこ》まってしまう。

それきり柳原は何も言わない。ただ私の目をじっと見つめているだけだ。

鼓動はどんどん速く、大きくなる。

どうしよう、抑えようと意識すればするほどエスカレートしてしまう。どくん、どくんと打楽器のようにリズムを奏でる。

柳原に聞こえちゃうかもしれないのに。

お願い、何か言って、柳原。

じゃないと私――心臓が、壊れてしまいそうでっ……

「お前、ちゃんと寝てないだろ？」

心の内を探るような視線から逃れるように、ぎゅっと目を閉じたとき、柳原の心配そうな声が耳に落ちた。

……はい？

私は閉じていた目を開ける。と、柳原は私に顔を近づけるために丸めていた姿勢を正し、脚に触れていた手をパッと離した。それから小さく伸びをする。

「目が赤い。寝不足続きなんだろ」

「えっ、あ……まあ」

本来の私なら、天敵である柳原に弱っているところを晒《さら》したりしない。

なのに認めてしまったのは、緊張状態から急に解き放たれたからだろう。

柳原はまるで医者のように淡々とした口調で続けた。

「それに、脚が冷たい。冬だし寒いからっていうのもあるけど、お前のは冷たすぎだ。血行不良だな」

「は……はあ」

け、血行不良？

じゃあ何か。わざわざ私の脚に触れたりしたのは、冷えを確認したってことなの？

ていうか何のために？

頭がついていかない。この男、一体何を考えているの？

……ヘナヘナと身体中が脱力するのを感じる。

「まだ時間あるんだろ？」

腕時計に視線を落とした柳原が訊《たず》ねた。

「そりゃ、あるっちゃあるけど……」

終業後は何も予定は入れていない。早く帰ってのんびりしようと思っていたのだ。

「お前、疲れてるんだよ。お前さえよければ、俺がお前の身体、楽にしてやってもいいぜ」

「楽に？」

柳原は一瞬言葉を探すように「あー」と天井を仰いでから続けた。

「リフレクソロジーって知ってるか？」

「当たり前でしょ」

すぐに頷く。こんな仕事をしているくらいだから、美容への関心は高い。

脚だけの施術というのにあまりそそられないので、経験はほとんどないけれど、肩や腰のマッサージは好きで、休みのときに受けに行ったりもするのだ。

「なら話は早い。それをやってやろうかって言ってる」

「柳原が、私に？」

思わず声が裏返った。

「何で？　ていうか柳原、そんなことできるの？」

「手先は器用だって言ったろ」

「だってそういうのって、ちゃんと訓練した人じゃないとできないんじゃ……」

両手のひらを見せておどける柳原に、私はつい疑わしい視線を向けてしまう。

「安心しろよ、腕は確かだ。何せ俺は実際に働いてたことがあるんだからな」

「働いてた――って、リフレのお店で？」

彼は自信満々な様子で頷く。

「大学生のころ、父親の知り合いが経営してた店で人手が足りなくなった時期があって。将来を考えたら業種的に遠くないし勉強になるってことで、卒業まで働かせてもらってたんだ。もちろん親の紹介って言っても研修はきっちり受けたよ。脚だけじゃなくて手とか頭とか、担当できないコースはなかったからな」

「へぇえ……」

柳原はうちの会社の次期社長候補だ。その彼が美容に関連するリフレに興味を抱き、習得したいと思うのは理《り》に適《かな》っていると言えばそうかもしれない。

それにしてもボンボンだから適当に遊んでいてもよさそうなのに、遊びたい盛りの大学生の時代から後々のことを考えていたっていうのは、ちょっと見直した。

「指名も結構もらってたし、技術に関しては心配しなくていい。もちろん、施術代も取ったりしない」

「ちょ、ちょっと待ってよ」

だから今すぐ始める――なんて空気を感じ取り、私は焦って言った。

「大丈夫、私はそういうの結構だから」

「どうして？」

「どうしてって、急にそんな……」

突然言われて戸惑っている、というのが一番大きいところだ。

リフレ自体は魅力的だけれど、施術するのが天敵である柳原だってところが大きく引っかかっていた。

施術だとしても、彼が私の脚やら手やらに触れるというのは……どうしても抵抗がある。

それにこの男のことだ。ひとたびやってもらえば、恩着せがましくしてくるだろうことは簡単に予想できるし、もしそうじゃなかったとしても、柳原にこれ以上の借りを作るのはいやだ。

「お前にとっては悪い話じゃないはずだけど」

「まあ、そうかもしれないけど——」

相手があなたじゃなければ、と心のなかで付け足す。

面と向かって言ってやってもいいのだけど、大事な資料を借りた手前、そんなことを言うのは憚《はばか》られた。

……柳原の機嫌を損ねて、やっぱり返してなんて言われたら困るし。

「——でもいい。今日は、帰る」

「遠慮すんなよ」

「別に遠慮してるわけじゃないし」

「他人の厚意は素直に受けとくもんだぞ」

「だからいいって」

「頑《かたく》なだな、お前も」

「そりゃ頑なにもなるよ」

押し問答を繰り返すうちに、最初は遠慮がちだった私の声も、だんだん大きなものになってしまっていた。

ハッキリ言葉にしないと伝わらないのだろうか？

「わからないかなあ。柳原には触られたくないって言ってるの」

ただの同僚の男性だとしても考えてしまうところなのに、よりによって柳原だ。

口に出してからちょっと言い過ぎたかとも思ったけど、これくらいキツく言わないと退《ひ》いてくれなさそうだったから、まあいいか——

なんて思っていると……

「もしかして園田、意識してんの？」

「っ……！」

柳原がニヤニヤと企みを含んだ笑みで訊《たず》ねてくる。

「リフレで身体に触られたら、俺のこと男として意識しちゃうかもー、なんて考えてんだろ？」

「そ、そういうんじゃないけどっ！」

心を見透かされたみたいで恥ずかしい。私は慌てて否定する。

「そうだよな。お前、常々俺のこと『男として見てない』とか『絶対お断りだ』って断言してるもんな。そんなお前がうっかり俺をそういう目で見るようになった——ってことになったら困るよな？」

「くっ……！　わ、わかった！」

あからさまに挑発するような言い方だ。応戦してはいけないともうひとりの私が制止しようとするけれど、もう遅かった。

「そこまで言うならいいよ！　そんな心配なんて全然ないってところ、見せてやろうじゃないの」

売り言葉に買い言葉。私は勢いで、柳原の申し出を受け入れてしまった。

「そうこなくっちゃ」

にっこりと満足そうに笑む柳原を見て、まんまとヤツの思惑通りになってしまったと後悔するも、あとの祭り。

柳原はスーツの上着を脱ぎながら続けた。

「――じゃちょっと支度するから、その間コート脱いだり、バスルームでストッキング脱いできな。約束通り、お前のこと楽に……癒《い》やしてやるからさ」

彼は脱いだ上着を抱えると、扉を開け、入り口のそばにあるバスルームに続くもうひとつの扉へと私を促す。

「……う、うん」

職場の同僚――それも、天敵である柳原から施《ほどこ》される癒やしの時間。

期待と不安に揺れながら、私はその一歩を踏み出した。

4

「――これから、施術に入らせてもらう」

あまり聞いたことのない、よそ行きの口調で柳原が言う。

「よ、よろしくお願い、します」

その雰囲気に呑まれ、私もつい改まった物言いになってしまった。

彼に言われるがまま、バスルームでストッキングを脱ぎ、軽く脚を洗わせてもらった。今、私はカウチをベッド代わりにして横になり、脚を投げ出している状態だ。

「何も余計なことは考えなくていい。ただリラックスしてろ」

「は……はい」

「じゃあ、始めるぞ」

ごくりと唾を呑んで瞼《まぶた》を閉じた。

リラックスしろと言われたものの、何かの儀式みたいなこの空気感では、身も心も緩めることはできない。

そもそも柳原がリフレの技術を持っているだなんて本当なんだろうか――なんて疑心もあったものだから、素直に目を閉じてじっとしていながらも、彼がどんな行動を取るのだろうかと私は神経を研《と》ぎ澄ませていた。

「まずはオイルを塗っていく。最初は冷たいかもしれないが、体温で徐々に馴染んでいくから驚かないように」

耳を澄ましていると、ポンプ式の容器からオイルを手に取ったことが確認できた。

なるほど、ひざ下から足裏までに敷いているバスタオルは、オイルがカウチについてしまわないためのものなのか……と納得する。

両手を使って温め伸ばしているのだろう、少し粘着質な音が響いたあと、足の甲から膝上にかけて、温かな感触に包まれる。

「っ……」

驚きというよりは感嘆に近い、微《かす》かな声が零れる。

オイルを纏《まと》った温かな手が、絶妙な圧を掛けながらゆっくりと上昇してくる。その感覚が、たまらなく心地いい。

まるで、暖かな日の光に撫でられてるみたいだ、と思う。温かくてとても優しい何かが、私の脚を包んで、冷えや凝《こ》りなどを取り払ってくれようとしているような。

「力加減は、大丈夫？」

「だ、いじょうぶ」

あまりの恍惚《こうこつ》に、そう答えるのが精いっぱいだった。

問題がないことを知ると、柳原は再び脚の甲から膝頭《ひざがしら》までを程よく圧迫していき、足裏の施術に入る。

足裏というと、よくテレビなどでも激痛に悶絶するタレントの姿などが映し出されることが多いけれど、彼の施術はそういった要素は一切なかった。

自身の親指の付け根の膨らみの部分で、土踏まずや踵《かかと》を刺激したあと、指の腹を使って一本ずつ私の足指を優しく押したり、扱《しご》いたりしていく。

普段、他人には触らせない部分であると同時に、自分自身でも熱心にはケアしない部分なので、新鮮な感覚だった。

片脚が終わると、反対側の脚も同様に進めていく。

そのころにはもう、私は柳原の施《ほどこ》すマッサージにただただ感心していた。

——すごい。侮《あなど》っていた自分が恥ずかしくなるくらい、気持ちいい。

初めて受ける施術のはずなのに、全てを委《ゆだ》ねたくなる安心感からか、懐かしさすら覚える。

その証拠に、始める前はあんなに身構えて硬直していた全身が、今やすっかり弛緩《しかん》していた。

うっすらと目を開けてみる。カウチの背もたれには角度がついているので、施術中の柳原の様子をこっそりと確認することができるのだ。

オフィスで時折見かける真剣な眼差し。仕事中はパソコンや書類に向けられているその視線が、今は私の脚に注がれているのが不思議だった。

でもそれは、不快というニュアンスではない。むしろ、私をこんな真摯《しんし》な顔つきで見てるなんて——という、ギャップを楽しんでいる感じだ。

じっくりと時間を掛け両脚の施術が終わり、手の施術に移行する。

それまで、ハンドリフレというものにあまり魅力を感じたことのなかった私にとって、彼のやり方はこれまた衝撃的だった。

ふわふわもこもこの綿で撫でられているみたいな、とびきり優しい刺激が病《や》みつきになりそうだった。それくらい、繊細な施術。

——柳原って、こんなに優しく他人に触れることができるんだ。

何だか……とっても……意外……

次第に訪れる眠気に、思考さえ、途切れ途切れになる。

「――これで、フットとハンド、両方とも終了だ」

終了を告げる柳原の声を、夢うつつで聞いていた。

「園田？」

「……あ、ごめん。ちょっと寝ちゃってたかも……」

まだぼんやりとする頭を小さく振って上体を起こすと、優しく私の手のひらに触れていた彼の手が離れていく。

「どうだ、気持ちよかっただろ」

「……うん」

私は正直に頷いた。

受けるまでは、施術後にどう文句を言ってやろうかと考えていた。

けれど施術が始まってからは、その心地よさにうっとりとしてしまい、半分眠りの世界に入ってしまうくらいだった。

癒《い》やしてやる――とか自分で豪語するだけあって、その技術力は大したものだ。

……完敗だ。

「へえ、いやに素直に認めるじゃん」

「だって、本当に気持ちよかったから」

「そりゃどーも。帰んないでよかっただろ」

柳原は捲《まく》っていたワイシャツの袖を元に戻すと、部屋の奥にあるキッチンスペースに向かう。

「そうだね」

その足音を聞きながら、リフレやひざ掛け代わりの大ぶりのバスタオルのおかげで温まった足を床に下ろした。

それから、ローテーブルに置かれたマッサージオイルや仕上げのパウダーなどのアイテムに視線を移す。

施術も本格的なら道具も本格的に見える。

これ、働いていたお店で使っていたものなのだろうか。でも働いていたのはだいぶ前だろうし、だとしたらどうして今も持っているんだろう。

「オイルとかパウダー、気になる？」

キッチンの冷蔵庫から何かを抱えて戻ってきた柳原が訊《たず》ねる。

「あ、うん。……見た感じ、専門的なやつだから、働いてたお店のオリジナルなのかなって」

「いや、業務用のなんだけど——使い慣れてるもののほうがいいから、店舗に頼んで譲ってもらってるんだ。品物も確かだしな」

ていうことは、彼は普段からこうしてリフレをしているのだろうか？

私の首を傾げるような反応でその思考を感じ取ったらしく、柳原は顎《あご》で私を示しながら言う。

「せっかく習得した技術を忘れるのは惜しいだろ。だからちょうどいい実験台を見つけては思い出すためにやってるんだよ。今日みたいにな」

「ちょうどいい実験台っていうのはご挨拶《あいさつ》だね」

「ちょうどいいだろ。疲労を蓄積してる人間のが効果出やすいからな」

「……そうかも」

施術された手や脚だけじゃなくて、頭までスッキリしたような気がする。

こんな感覚は久しぶり。……それだけ私の身体は疲れていたってことなのだろう。

「もうちょっと時間あるだろ。せっかくだから飲んで行けば」

柳原が腕に抱えていたものをローテーブルの上に置く。

缶ビール二本と、冷えてうっすら白く色づいたスプリッツァーグラスが二個だ。

「――本当は、リフレのあとって巡りがよくなってるから、アルコールはよくないんだけどな。

まあ、ペースに気を付けて飲めば大丈夫だろ」

「わ、私、いいよ。もう帰るから」

「そう言わないで一杯くらい付き合えよ。三十分でいいからさ」

彼は私の話など聞かずに、カウチに腰を下ろした。

そしてビールの缶を一本手に取ると、プルタブを開けて二つのグラスそれぞれに中身を注いでいく。トポトポと小気味いい音が響いた。

「…………」

どうしよう。本当は終わったらすぐに帰ろうって思ってたけど、あまりにも無愛想すぎるだろうか？

柳原のほうから話を持ち掛けてきたとはいえ、リフレってお店で受けたらそれなりにお金掛かるし。自分がリフレッシュできたからって、用事が済んだらじゃあさよなら――っていうのは冷たすぎるのかもしれない。

「……じゃあ、三十分だけ」

「そうこなくっちゃ」

私が言うと、柳原は満足そうに笑ってグラスを片方私に差し出した。

「お疲れさま」

「お、お疲れさま」

彼が自分のグラスを軽く掲げる仕草を真似つつ、その中身を呷《あお》る。

冷たいビールが喉《のど》を通り、胃に落ちると、まだどこか目覚めきっていなかった身体が覚醒《かくせい》するのを感じた。……美味《おい》しい。

「ホントお疲れさまって感じだよ。お前の身体、だいぶ疲れが溜《た》まってたからな」

「そういうの、やっぱり触ってるとわかるの？」

「ああ」

柳原が頷く。

「――たとえば親指。ここ押されたとき少し痛そうな顔してたろ？」

彼はそう言いながら、足の親指の腹を指して言った。

「うん、確かそうだった」

うとうとと眠ってしまいそうなときに、急に痛みが走ったから覚えてる。思わず、手に力を入れてしまったりした。

「ここは悩みが多かったりとか、ストレスが溜まってるときに痛む場所って言われてる。……心当たり、もちろんあるよな？」

「……う」

ありまくりだ。素直に頷くと、彼は苦笑いを浮かべる。

「お前が自分で思ってるよりも、身体も心も結構キテるってことだ。自分なりに解消の仕方を見つけないと、そのうち爆発するかもしれないぞ」

「……そうなんだけどね」

「木島と仲いいなら、不安に思ってることとか悩みとか、全部まとめて木島に聞いてもらえばいいじゃん」

「……たまに聞いてもらうことはあるけど、全部は無理かな」

「どうして？」

「仲良しだからって何でもかんでも聞いてもらうのは気が引けるし、心配かけたくないもん。……だから、あんまり弱ってるところを見せられないっていうか」

「負けず嫌いの園田らしいな」

くっくっとおかしそうに笑って柳原が言う。

「笑いごとじゃないよ。本当に参ってるんだから」

「悪い悪い」

私が唇を尖《とが》らせると、柳原は片手で拝むようなポーズをとってから「なら」と続ける。

「――俺に言ってみれば？」

「柳原に？」

「そう。俺に」

空いた自分のグラスにビールを注ぎ足しながら、彼はさらに続けた。

「プロジェクトメンバーでもない、ただの同僚の俺になら吐き出しやすいだろ？」

「な、何で柳原に」

「不満か？」

「不満だよ。柳原に話したりしたら、どうせバカにされるか説教されるか――どちらにしても、傷口が広がるに決まってる」

ストレスを解消するための行為のはずが、逆に溜《た》めてどうするっていうのだ。

……くっ、またそうやって他人をからかって。今は彼の軽口を鼻で笑えるほどの元気だって残ってないのに。

グラスの中身を飲み干しながら、したり顔をしてるだろうなとちらりと視線を走らせた。

すると――

「そんなことしない」

思いのほか、彼の表情は真剣だった。

「園田がただ聞いてほしいって言うなら、そうする。だから、話してお前の気持ちが少しでも軽くなるなら……話してみれば？」

いつもの揶揄《やゆ》を含んだものとは違う、ストレートな眼差しは、リフレの最中のそれと酷似している。

まさかそんなふうに言うなんて思わなかったから、私のほうがどうしていいのかわからなかった。

柳原は敵だ。

顔を合わせれば私の神経を逆なでするようなことばかり言ってきて、何度イライラしたか知れない。

その柳原に自分の弱いところを晒《さら》すなんてことこそ、一番避けたい事態な気もするけど——だけど今は、誰でもいいから寄り掛かりたい気分だった。

私は勢いをつけるため、空いたグラスにビールを注いでそれを一気に呷《あお》った。

そうじゃなければ、口を開くことができないような気がしたからだ。

酔っ払って気が緩んでいた——という理由でなら、この男の提案を呑めるんじゃないか、と。

「……柳原の言う通り。身も心もボロボロだよ。特に心のほうがね」

再び空になったグラスを、テーブルの上に置いた。

柳原は黙ったまま、新しく開けた缶の中身をそのグラスに注いでくれる。

「このプロジェクトのリーダーに決まって、本当にうれしかった。やっと私の夢が叶うんだって……。でも、実際動き出してみたら衝突ばっかりで。会議がなかなか進まないからイライラして、焦って」

会議中の様子が頭を過《よぎ》り、思わずため息が出た。

「私が考えた企画についてきてほしいって気持ちがあるからなんだろうね、意見を譲れなくて。それでも私なりに折り合いつけてるつもりだったけど、プロジェクトメンバーから陰口言われちゃったりして……柳原も聞いてたから、知ってるでしょ」

矢吹さんの顔や猪野さんの曇った表情が浮かんでは消え、またため息が出る。

「どうにかしなきゃってわかってる。けど解決策が思いつかなくて——夜、ベッドに入ってからもそんなことばっかり考えて、寝付けなくなって。寝不足だから職場でイライラして、会議中もキツい言い方しちゃってたのかもね」

今朝の彼女たちの会話を反芻《はんすう》しながら呟く。自覚がないだけで、知らず知らずのうちに彼女たちを傷つけてしまうような言葉を使っていたのかもしれない。

「なんでこんなふうになっちゃうのかな……私はただ、いい商品を作りたいだけなのに」

私ひとりで何でもできるなんて思い上がってるつもりなんてない。みんなと力を合わせてこのプロジェクトを成功させたいと、私だって強く思っている。

なのに気持ちが空回って、思いとは違う方向へ転がって行ってしまう。

とりとめなく自分の感情を吐露する私のとなりで、柳原は宣言通りに黙ってビールを飲んでいた。

いつもであれば腹の立つ冗談のひとつやふたつ挟んでくるのに、そんな気配は一切ない。私の愚《ぐ》痴《ち》にただ耳を傾けているだけだ。

「……本当に何も言わないんだね」

「ん？」

私が声を掛けると、彼は漸《ようや》く反応した。

「黙って聞いててくれるとは言ったけど、『俺はこう思う』とか『お前のこういうところがダメだ』とか……そういうふうに諭《さと》されるんだと思ってた」

「お前がそれを望んでるならそうするけど——違うだろ？」

柳原は小首を傾げて訊《たず》ねた。

「俺はお前に意見するために吐き出せって言ったんじゃない。それでお前の気持ちが少しでも楽になるならって思ったから言ったんだ」

「………」

驚いた。この男の口からそんな優しい言葉が出てくるなんて。

これは夢か幻なのでは？　なんて思いつつ、彼の顔を凝視してしまう。

「何だよ、その疑わしそうな顔は」

「だって柳原、柄にもないこと言ってるから」

「失礼なヤツだな、俺はいつだって優しいだろ」

「だとしたら私には全然伝わってないんだけど」

私がつい噴き出すと、ちょっと拗《す》ねたような顔をしていた柳原が、ふっと柔らかい笑みを浮かべる。

「……少しは気が晴れた？」

「えっ？」

「笑ってる顔、久々に見た」

「あ……」

彼に指摘されて初めて気が付いた――ここのところ、自分がちっとも笑っていなかったことに。

日々の悩みや疲労に翻弄され、ささいな感情表現さえできなくなっていたのだ。

……もしかして柳原は、それに気づいていたんだろうか？

気づいていたからこそ、こうやって私を自宅に招いて、私が心身ともにリフレッシュできるような機会を作ってくれた？

『やっぱり柳原くん、莉々に気があると思うな』

いつかの社員食堂での、瞳子の言葉が蘇《よみがえ》る。

柳原が私に気があるかどうかなんて、この際どうだっていい。

ただ彼が、私の気持ちが楽になるようにと思いやってくれたであろうことは確信できる。

「……柳原。ありがと」

私は彼の顔を見つめて名前を呼んだあと、微《かす》かな声で呟いた。

……肝心のお礼の部分は、照れくさくて目を逸らしてしまったけど。

少しの沈黙が流れてから、私は盗み見るみたいにして再び彼の顔に視線を向けた。

今度はさっきとは逆に、柳原のほうがびっくりしているみたいだった。

「何でそんな顔するの」

「まさかお前に礼を言われる日が来るなんてな」

「薄情者みたいに言わないでよ。私だって感謝すればきちんとお礼くらい言うんだから」

「へえ、それはそれは」

柳原は会社で見せるようないたずらっぽい表情を浮かべ、大袈裟《おおげさ》に頷いて見せた。

……何よ、人が真面目に言ってるのに。やっぱりムカつく。

「普段からそれくらいしおらしくしてれば、本当に嫁にもらってやってもいいんだけどな」

「またその話？　だから拝み倒したりなんてしないってば」

私はいつもの調子でべーっと舌を出した。

今の出来事には、そりゃあ感謝してるけど……この男が私にとって敵であることに変わりはない。

誰が柳原となんか。

っていうか、ただの冗談を引っ張り過ぎなんだってば。瞳子が真に受けちゃって、こっちは困ってるっていうのに。

ホッとしたのと腹立たしさで、ビールが進む。二本目の缶の中身を全て自分のグラスに空けると、私はここぞとばかりに反論した。

「だいたい、こっちのほうから願い下げだって言ってるでしょ」

「どうして？」

「決まってるじゃない。柳原なんて異性に見えないもん」

グラスを口に運んで、苦味の広がる液体を嚥下《えんげ》する。気持ちが軽くなったせいか、ビールの味をより鮮明に感じた。その気分のよさも手伝い、私はどんどん饒舌《じょうぜつ》になっていく。

「そう？　俺、社内だとそこそこモテるって自負してるけど」

「そこは否定しないよ。柳原のことをいい意味で噂してる女の子の話、たまに聞くしね。でも、私がどう思うかは別の問題でしょ」

私は、上手く泡を立てることができなかった手のなかの黄金色の液体を眺めて言った。

結婚適齢期の女性たちが、イケメンの御曹司なんていう優良物件を放っておくはずはない。

本人もこうして自覚があるなら、誘いもひっきりなしにあるのかもしれない。

けど私にとっては、そんなのどうでもいいことだ。だって、彼を一度だってそういう目で見たことがないんだから。

「つまり、園田は俺に全く興味ないってわけ？」

「当たり前でしょ。全く、これっぽっちも興味ないし、興味が湧く予定もない」

あってたまるか。心のなかで悪態をつきながら、キッパリと言い切った。そのあとまた、手にしたグラスを傾ける。

炭酸の刺激が心地いい。喉《のど》を鳴らして、一気に飲んでしまう。

「ねえ、ビールってもう一本――」

再び柳原のほうを向いたとき、ドキリとした。

彼は何か深刻な話をしそうな表情に戻っていた。

悩みを吐き出せと促したときの真摯《しんし》な瞳が、私をじっと見つめている。

……妙な空気になってしまった。

「……や、柳原？」

「そんなの、試してみないとわかんないだろ」

「た、試す？」

試すって、何を？

ようやく私の調子が戻ってきたこのやり取りのなかの、どこに変なスイッチがあったのだろう。

「俺を、男として見られるかどうか。男と女で試すっていったら、決まってんだろ、やることは」

「はあっ？　な、何言っちゃってんの柳原っ。酔っ払ってるの？」

真顔で急にこんなこと言い出すなんて、どうかしている。

よもやお酒が回り過ぎたせいじゃないか――なんて考えたけど、そういうわけではないらしい。

彼は涼しい顔で首を横に振った。

「俺は至って普通。むしろ園田のほうがずっと量飲んでるだろ」

「あ、いや、まあ、そっか……」

右手に握ったままのグラスに視線を落とす。

むしろ、酔っ払っているとしたら私のほうだ。

って、納得してどうするの。問題は、なぜ柳原がこんな変なことを口走ったのかってことなわけで。

「冗談でしょ？　私を困らせようと思って、そういうこと言ってるだけでしょ？」

頭のなかの疑問符が大きくなっていくのを感じつつ、取り繕《つくろ》うような笑みまじりに問いかける。

そうだと認めてほしい。この居心地の悪い雰囲気から、一刻も早く抜け出したかった。

「いや、本気だよ」

私の願いも空《むな》しく、柳原は緩く首を振って答えた。

本気って――え、本気でその、試そうっていうの？

私が柳原を男として見られるかどうかを？

そこまで思考してハッと気が付く。

「ま、またそうやってからかってっ……その手には乗らないんだからね！」

私をバカにして楽しむ柳原の姿が脳裏にチラついた。

騙《だま》されちゃいけない、この男の考えそうなことだ。

この男は狼狽《ろうばい》する私の姿を見て笑い飛ばしたいだけに決まってるんだから、ここは毅然《きぜん》と立ち向かわないと！

「っていうより、園田が冗談だと思いたいだけだろ」

「っ!?」

「俺が本気で迫って、惚れたらどうしようって怖いんだ――違うか？」

私が柳原に惚れるだって？

「そっ……そんなわけないでしょ！　誰が柳原なんかっ！」

興奮のあまり、立ち上がって叫んだ。

何度だって誓える。そんなこと、絶対に、絶対に、ぜーったいにあり得ない。

たとえ西から日が昇るようなことがあっても。枯れ木に花が咲くようなことがあっても。

私が柳原を好きになるなんて、あるはずがないんだから！

「……いいよ。そこまで言うなら試してみれば？」

思ったときには、もう口から発してしまったあとだった。

「柳原のことなんか、絶対に好きになったりしないんだから。ちゃんと証明してあげる！」

何をされようが、言われようが。

相手が柳原なんだから、恋愛のときめきなんて感じるはずがない。

「威勢のいい返事だな。それでこそ園田だ、オトしがいがある」

「きゃっ――……」

柳原は不敵な笑みを浮かべると、おもむろに立ち上がり、強引に私の腕を掴んだ。

驚いた私の手から空のグラスが落ちて、ラグの上を転がる。

「ベッド行こうぜ」

耳元で囁《ささや》く柳原の声が、まるで別人のそれのように聞こえてドキドキした。

うそ。コイツってこんな甘い声出すヤツだっけ？

それに、腕を掴む手の力。つい先刻、リフレで触れられたときとは全然違う力強さに、彼が異性であるということを嫌でも思い知らされる。

本人がそう宣言してた通り、今回は冗談なんかじゃなく、本気なんだ。

彼は身体の奥がカッと熱くなるような、扇情的なウィスパーボイスで続けた。

「俺のこと、好きになっても知らないからな」

――もしかしたら私は、企画コンペなんかよりもずっとまずい一騎打ちを挑んでしまったのではないか。

早くもそう後悔し始めていた。

◇
◆
◇

「えっ、ちょっ……柳原、落ち着いてよっ」

幅広のベッドに押し倒されたあと、その上に馬乗りになる柳原を押し戻そうとしたけれど、彼は表情一つ変えずに私の両手首を頭の上に纏《まと》めながら「何?」と返事をするだけだ。

「た、試していいとは言ったけどっ……こんな、いきなり、こういうことするなんて聞いてないっ！」

「こういうことってどういうこと？」

彼は片手で私の両手の動きを封じながら、空いたもう片方の手で、私のブラウスのボタンを外して訊《たず》ね返してくる。

片手しか使えないというのに、とても器用に。

「どういう……って、そんなの言わなくてもわかるでしょ」

「言ってくれなきゃわかんない」

「っ……！」

ニヤニヤした目で見下ろしてっ……！

これは絶対わかってる顔だ。わかってるくせに、わざと訊《き》いてるに違いない。

「ほら、言ってみろよ。俺がどういうことしようとしてるって？」

「っ……だから、えっと……その、い、いかがわしい、ことっ……」

どんな言葉を選んでいいのかわからなくて、だいぶ言い淀んでしまった。

独り言以下の音量で呟く私の言葉を聞いた柳原は、おかしそうに喉《のど》を震わせて笑った。

「いかがわしいこと、か。間違ってはないけど、サクッと言えばエロいことだよな？」

「そっ……そういう直接的な言い方やめてよっ……」

「あれ、園田ってこういう話苦手なんだ。ま、頭固そうだし、それっぽいっちゃそれっぽいけど」

「くっ……」

年齢も年齢だし、処女でもない。人並みに経験こそあるのだけれど——正直なところ、この手の性的なフレーズが出てくる話は苦手だ。

男性とこういうことを話すとき、余計にそう感じる。恥ずかしくて、どんな顔をしていいのかわからなくなるのだ。

男友達がいないわけじゃないけど、私と仲のいいヤツはみんなそういう話題を振ってこないし。

柳原だってそうだった。話すのはもっぱら職場ということもあり、そっち系の話には転びにくいし、そもそも私と彼との会話にその手のフレーズが出てくることはなかったから。

両手を動かそうと試みるけれど、全く振り解《ほど》けない。

ひとしきり足掻《あが》いているうちに疲れてしまい、私は息を弾ませながら一時、抵抗をあきらめることにする。

「でもさ、いい大人なんだから、試すと一度決めたら、足掻くなよ」

そのタイミングを見計らって、柳原が言った。

「な、何？」

「セックス、しようぜ」

「せっ……!?」

私を見下ろす柳原の目が、呆れたように細められた。

「お前、自分から試していいなんてタンカ切ったんだから、今さらその反応はないだろ」

「あ、あれは、その……売り言葉に買い言葉というか、柳原のことを好きになんてならないっていうのを訴えたかっただけで……」

何をされてもなびいたりしないって言いたかっただけで、具体的に何かを試す——なんてところまでは、ちゃんと考えてなかった。

柳原はしどろもどろに言い訳する私に嘆息する。そして、ブラウスの下の白いキャミソールの裾から手を差し入れて言った。

「自分の言ったことにはきちんと責任持てよな。今さら止めたりなんかできないし」

「だ、だから私はそんなつもりじゃっ……」

「お前はそのつもりじゃなくても、こっちはそういうつもりで訊《き》いたって言ってるじゃん。話聞いてなかったのかよ」

「ううっ……」

キャミソールの下の手が、ブラの左側のカップを包み込むように触れる。

「ふーん、意外に胸あるんだな」

「うっ、うるさいっ。意外とは何よ」

指先を動かし、大きさを確かめる彼がポツリと呟いた言葉に実感がこめられていて、地味に腹が立つ。

「怒るなよ、ほめてんだから」

「また適当なこと――」

そのとき、信用度ゼロのフォローを入れた柳原の顔が、ゆっくりと近づいてくる。

まさか、と思ったときには、もう彼の唇と私のそれが重なっていた。

「っ……!?」

噛みつくように密着する唇の隙間から、柳原の舌が侵入してくる。

彼の舌が、口腔《こうこう》内で縮こまる私のそれを誘い出すように蠢《うごめ》き、先端同士を擦り合わせた。

「んっ……んー……っ……！」

ざらざらとした表面が舌に、口蓋に、口腔《こうこう》内に触れるたび、頭の芯がぼうっと熱くなる。

何、この感覚……？　キスってこんなに気持ちがいいものなの？

しばらく私の口腔内を探ったのち、柳原の舌が、唇が、離れていく。

「……園田って、キスのとき目閉じないタイプ？」

フリーズしている私の顔を覗き込んで、彼が不思議そうに訊《たず》ねた。

驚きのあまり、目を閉じることはおろか瞬《まばた》きすら忘れていた。

いやいや、だってそんな、急にキスなんてするからでしょうが——

なんて叫びを口に出すより先に、柳原は「ま、別にいいけど」とか自己完結して、キャミソールの裾を鎖骨のあたりまで捲《まく》り上げた。

「やっ……！」

薄いイエローのブラは、ブラウスに透けないよう余計な装飾のないシンプルなデザインだ。

それが今、余すことなく彼の視線の先に晒《さら》されてしまっている。

「そういう声、そそる」

意図せずもれてしまった線の細い声を気に入ったらしく、柳原は緩く笑みながら、左側のブラカップから膨らみを露出させて、その頂《いただき》を優しく指先で弾いた。

「ぁっ……！　やあっ……！」

じんわりと甘い痺《しび》れが広がり、私はまた鼻に掛かった声を上げてしまう。

「もう観念しろって。ここまで来たら逃げられないってことくらい、園田も気づいてるだろ」

「…………」

「それに俺に惚れない自信があるっていうなら、正々堂々と闘って実証すればいいじゃん。セックスしてもお前の気持ちが動かないっていうなら、俺も負けを認めるし」

「…………」

『正々堂々と闘った上で』、『柳原が私に負けを認める』。

常日頃から彼にバカにされ、からかわれ続けてきた私には、そのフレーズが酷《ひど》く魅力的に思えた。

そうだ。これは柳原をぎゃふんと言わせるチャンスなんだ。

だって私が彼を好きになる確率はゼロパーセント。勝率十割の試合に挑まないなんてどうかしている。

そのことと彼と身体を重ねることとは全然違う次元の問題だ――と、もうひとりの自分が叫んでいるような気がしたけれど、聞こえないふりをした。

やっぱり私は酔っ払っているのかもしれない。でも、こうなってしまったらどうにでもなれという投げやりな気持ちが勝ってしまった。

――たとえしらふに戻って後悔したとしても、お酒のせいにしてしまえる。さっき、誰にも言えない悩みを彼に吐き出したときのように。

「……わ、かった」

私は小さく頷いて言った。

「手、放して。逃げたりしないっ……柳原の言う通り、正々堂々と闘うからっ……」

「ＯＫ。……なら、早速――」

「あっ……！」

柳原は左手で束ねていた私の両手を解放すると、その手でブラの上から右胸をゆっくりと捏《こ》ねた。そして右手で左側のカップをずり下げながら、緊張のためにその存在を主張し始めている頂《いただき》を口に含んだ。

さっき、私の口腔《こうこう》内を犯していた柳原の舌が、今度は胸の先を愛撫する。

唾液で滑《ぬめ》った舌の表面を胸の先端に宛てがわれると、上半身に微弱な電気が走ったような感覚がしてゾクゾクした。

「胸、されるの好き？」

「んんっ……ちがっ……！」

「そんな声で否定されても、説得力ないんだけど」

弱点を見つけたとばかりに、嬉々として胸の先を攻めてくる柳原。

左手も、反対側と同じようにカップをずり下げて膨らみを露出させると、親指と人差し指の腹ですり潰すように先端を刺激してくる。

「ほら、もうこんなに硬くなってる。早速、俺にオチたか？」

「だから、違うっ……！」

私はいやいやをするみたいにかぶりを振って答えるけれど、自分でも甘ったるく聞こえる声だと思った。これじゃ、柳原が勘違いするのも無理はない。

「何が違うんだよ」

「こ、これはっ……べ、別に柳原が相手だからってわけじゃないからっ……。条件反射みたいな――そう、条件反射だもん」

ちょうどいい言葉を見つけたとばかりに、私は反論してやった。

柳原にされたから特別……というわけじゃないのだ。誰が相手でも、こんなふうに触れられたら反応してしまうのは仕方がない。

「頑張るな。それでこそ園田だけど」

「ふぁっ……！」

柳原の唇が、今度は右胸を食《は》んだ。

唇で頂を扱《しご》くように吸い立てながら、左胸の先は指先でころころと転がされる。

愛撫によって濡れたその場所への刺激は、乾いていたときのそれよりもずっと濃厚で、鮮明で、私はまた我慢できずに声をもらしてしまう。

「……こっちも触るよ」

左胸を弄《もてあそ》んでいた柳原の手が降りていき、太腿を撫で上げながらスカートの下に差し込まれる。

リフレを受ける時にストッキングは脱いでしまっていたから、肌の上を直《じか》に滑っていく手のひらの感触が、くすぐったかった。

内股、股関節を通ってショーツまで辿り着いた指先が、まずはするりと恥丘を撫でた。

それから、人差し指と中指で、クロッチの部分を優しくゆっくりと擦る。

「ちょっと濡れてる。やっぱり胸、気持ちよかったんだ？」

「っ……」

柳原は揶揄《やゆ》を含んだ笑みを浮かべ、わざと耳元で意地悪く囁《ささや》いた。

「湿ってるの、わかるだろ……こうやって擦ったら」

「ぁ、あっ……」

二本の指で下肢の割れ目を擦られる。彼が指摘するように、私のその部分はすでに湿り気を帯びていた。

「すげ……ここ、熱い。園田、興奮してるんだ？」

熱い滴《したた》りの滲《にじ》むクロッチを何度もなぞりながら、心なしか彼も興奮した様子で訊《たず》ねる。

「直接触ったら、もっと熱い――かな」

ぺろりと唇を舐めると、柳原はショーツの縁から二本の指を差し込み、潤んだ粘膜に直《じか》に触れた。

「あ……！」

彼は指先に蜜を馴染ませてから、さっきクロッチの上からそうしたように、割れ目の上を撫でていく。

たった布一枚の隔たりでも、それがなくなるとよりダイレクトに刺激を感じることができた。

「ん、めちゃくちゃ熱い。それに、どんどん溢れてきた」

刺激が強くなればなるほど、下肢が疼《うず》き、そこから滴る蜜の量も増える。

あとからあとから溢れるその液体を塗り付けるように、彼の人差し指は入り口の縁をなぞり、そのまま秘芽を撫でた。

「んんっ……！」

「気持ちいい？」

囁きのトーンで訊ねながら、柳原はソフトに小さな芽を押し潰す。

一番敏感な場所を執拗《しつよう》に攻められ、背が撓《しな》った。

立てた膝の下、シーツを踏む両足に力が入る。

「気持ちいいなら気持ちいいって言えよ。お前がそう思うこと、いっぱいしてやりたい」

音にしなくとも反応で十分に伝わっているだろうけれど、彼は私の口からその言葉を引き出したいようで、またわざと耳元で促した。

耳に落ちる囁きは、柳原のいつものトーンよりもずっと甘い。甘くて、少し優しい。

「あっ、ぁあ――」

秘芽を弄《いじ》る指が親指に変わった。と同時に、入り口に指先が埋められたのがわかった。

中指、だろうか。第一関節あたりまで挿入《はい》って一度止まったあと、さらに奥へと進んでいく。

「……根元まですんなり挿入っていきそうだな」

言葉の通り難なく根元まで押し入れると、柳原は膣内《なか》でその指を掻き混ぜるように動かす。

鉤型《かぎがた》に曲げられた指と、膣内の壁とが擦れてたまらない。

「んんっ、ぁあっ……やあっ……」

「嫌？　そんなに気持ちよさそうに喘《あえ》いでるのに？」

抑えられない声がもれてしまっているという自覚はあったけれど、喘《あえ》いでいるなんて認識はなかった。からかうみたいに指摘されて、私は反射的に両手で自分の口を塞《ふさ》いだ。

「散々喘いどいて、急に恥ずかしがるなんて変なヤツ」

「そういう、わけじゃ——あ、それっ……やっ……！」

「赤く充血してる。こんなにパンパンにして、ここだけでイけそうな感じだな」

その間にも、柳原の親指は絶えず秘芽を優しくなぶっていた。

柳原はぐしょぐしょになった入り口に埋めていた指を爪の先ギリギリまで引き抜くと、今度は根元まで一気に埋め込む。

「あ——！」

再び根元まで埋め込んでしまうと、また爪の先まで引き抜いて、一気に根元まで埋め込むの繰り返し。

掻き混ぜられていたときとはまた違った刺激に、無意識に腰が浮いてしまう。

「園田、エロいな。自分で気持ちいい場所、探してんの？」

「そ、そんなんじゃっ——ふ、んん……！」

否定の言葉を紡《つむ》ごうとしても、膣内《なか》を擦《こす》られる快感で、意味を成さない喘ぎに変わってしまう。

少しでもその音を押し込めようと、私は口を塞いだ両手に力をこめた。

「なあ、園田」

「っ……？」

「これさ――もっと太いのでしてみたら、さらに気持ちよくなれると思わない？」

これ、というのが、指先での愛撫であろうことはすぐにわかった。

なら……もっと、太いのって？

柳原は一度愛撫の手を止めた。そして。

私の口を塞いでいるうちの片方の手を取ると、自分のスラックスの中心に導いて、その場所に触れさせる。

「――触って」

「っ！」

スラックスの生地越しに感じる熱が、屹立した柳原自身のものであるとわかると、私は瞬間的にその手を引っ込めようとした。

が、意地悪な彼がそれを許すはずはない。

「ちゃんと触って。このあとこれが、お前の膣内に挿入《はい》るかもしれないんだから」

「………っ」

ちゃんと触れって言われても……！

私は戸惑いつつ、促されるまま、スラックスの上から彼自身に触れた。

形を確かめるように、手のひら全体でそっと握りこむ。

衣服越しでも柳原が興奮して熱を帯びているのがよくわかった。

これが、柳原の――

そう意識すると、下肢から更なる滴《したた》りが落ちるのを感じる。

「どう。これ、挿《い》れたい？」

柳原の手が、私のそれから離れる。

「……そ、そんなの、知らないっ……」

私はわざとぶっきらぼうに答えながら、両脚の間を擦り付けた。

ひたすら刺激を与えられ続けた身体は、より激しい快感を求めて疼《うず》いている。

けれど、それを素直に伝えるのは憚《はばか》られた。「挿れたい」だなんて言ったら、柳原に陥落したことになる。

「しらばっくれるなよ。こんなにびしょびしょに濡らしておいて」

「っ……」

柳原は眉を上げてから小さく笑った。

中途半端に身に着けたままのショーツが貼り付いて気持ち悪い。もちろん、彼の愛撫によって溢れた蜜のせいだ。

「お前も知っての通り、生憎俺《あいにく》は優しい人間じゃないからな。お前が何も言わなくても、挿れてほしいんだろう——なんて察することはない。挿れてほしいなら、挿れてほしいって言葉にしてみろよ。そうしたら望み通りにしてやる」

「くっ……！」

そんな屈辱的な台詞《せりふ》を満面の笑みで言うなんて、本当に腹の立つヤツだ。

精一杯の抗議としてヤツを睨んでみるけれど、全くこたえていない様子だ。

それどころか、楽しげな様子で下肢への愛撫を再開させる。

「んんっ……！」

さっきの続きとばかりに、親指で秘芽を、そして今度は中指と人差し指を膣内《なか》に埋め込んで、引き抜いた。

それまでとは倍の質量になり、駆け抜ける快楽の度合いも倍になったように思える。

「――これじゃ物足りなくない？　俺ので擦ったら……すごく気持ちいいと思うけど」

「～～～！」

「我慢する必要ないだろ。どうせここまでしたなら、思いっきり気持ちよくなっちゃったほうがいいんじゃない？」

煽《あお》る台詞が私の意思を揺さぶってくる。

とっくのとうにただの同僚という線は超えてしまっているのだ。今さら何を恥じらう必要があるのだろう？

たとえ柳原の要求を呑んだとしても、イコール負けたことにはならない。それで私が彼に惚れなければいいだけなのだ。

ヤツの指が身体の中心を掻き混ぜるたびに、頭のなかをそうされているような感覚に陥《おちい》る。

――ガマンスルヒツヨウナイダロ。

――キモチヨクナッチャッタホウガイインジャナイ？

柳原の言葉が、更なる快楽を待ちわびる私の背中を押してくる。

もうわからない——もっと、気持ちよくなりたい……！

「——れて」

「ん？」

彼が私の顔を覗き込む。

「挿《い》れてっ……柳原の、挿れてほしいっ……もっと気持ちよくしてほしいっ……！」

気が付いたら私は、羞恥心《しゅうちしん》なんてかなぐり捨てて懇願《こんがん》していた。

その言葉を聞きつけると、ヤツは満足そうに笑い、そして言った。

「上出来だ。挿れてやるよ」


「力抜けよ」

「……うん」

肌蹴《はだけ》たブラウスに捲《めく》れたキャミソール、ホックは留まっているものの、胸が零れたままのブラ。それらはそのままに、ショーツだけを脱がされる。そして柳原に両脚を抱えられた私は、彼の囁《ささや》きに微《かす》かな声で返事をした。

前を寛《くつろ》げ、熱を保った切っ先に、彼は手早く避妊具を装着する。それを私の入り口に宛てがうと、彼は私の蜜を先端に纏《まと》わせるために、軽く前後に擦り付ける。

くちゅ、とか、ぴちゃ、という水音が規則的に響いた。

ずの彼と。

……私、これから、柳原と……しちゃうんだ。よりにもよって、そういう対象からは一番遠いは

ほんの一時間前までは、こんなふうになるなんて全然考えてなかった。

柳原のことなんか絶対に好きになったりしない――っていうのを証明するために身体を重ねるなんて、矛盾しているとは思うけど……

いや、考えるのはもうよそう。引っかかるとはいえ、そうなっちゃったものは仕方ないんだし。さっさと終わらせてヤツに負けを認めさせなきゃ。

「――挿《い》れるからな……」

「んっ……！」

ずるん、と下肢の中心を分け入り、先ほどまでとは比べ物にならない質量が侵入してきた。

さすがに圧迫感がある。息苦しさを感じて、私は息を吸ったり吐いたりしてそれを紛らわせた。

それでもなかなか全部は挿入《はい》りきらない。

「……苦しいのか？」

「へ……平気っ……」

私の様子を見て少し心配げな柳原が訊《たず》ねてきたけれど、私は首を横に振って答えた。

誰かを受け入れるのなんて久しぶりで、身体が順応できていないだけだ。生じる圧迫感や微かな痛みは、一度通り過ぎてしまえばすぐに気にならなくなるだろう。

「しばらく、してないんだ？」

「っ……悪い？」

それすら彼は勘付いているようだった。休憩とばかりに動きを止めて訊《たず》ねる声がきまり悪くて、顔を背《そむ》けた。

「いや。そういえば、園田の男の話って聞いたことないなって」

それもそのはずだ。大学の時に付き合っていた彼氏はいたけれど、社会人になってからは互いの予定が合わずに自然消滅してしまった。

それ以降は仕事に集中していたし、新しい出会いもなかったしで、こういうことをするような相手はずっといないままだ。

……そういえば、柳原の彼女の話って聞いたことがなかったような。

特に気に留めたことなんてなかったし、そもそも柳原が誰と付き合おうと興味なんて全くなかった。

しいて言えば、こんな憎たらしいヤツを彼氏にしようなんて奇特な女性がいるのかどうかという疑問はある。けれど、周囲の女性に傍若無人《ぼうじゃくぶじん》に振る舞うのは見たことないから、いてもおかしくはないだろう。

性格は置いておいても、整った顔と御曹司という肩書にクラッとしてしまう女性は多そうだ。

ただの同僚の私に気軽にこんな提案をしてくるくらいだから、適当に摘《つま》み食いしている可能性だってある。

……やっぱりいけ好かない男だ。

「……もう少しだけ頑張って」

柳原の女性関係を勝手に妄想していると、下肢に埋まった熱が再度膣内《なか》に押し入ってくる。

「あっ……」

「──全部挿入《はい》った。身体、辛くない？」

「……うん……」

全てを呑み込んでしまえば、それまでのうっすらとした抵抗感が嘘のように馴染んだ。

「少しずつ動くから──」

彼はそう言って抽送を始めた。

最奥まで押し込んだ自身をゆっくりと引き抜き、切っ先ぎりぎりのところでまた押し入れる。

「はぁっ、はっ……」

二本の指でそうされていたときとは全然違った。

より硬くて太いそれで内壁を擦られると、全身の力が抜け、自然と熱っぽい吐息がもれ出てしまう。

「園田のナカ、すごい締まるっ……」

見上げた柳原の眉が切なげに顰《ひそ》められる。彼のほうも強い快楽を覚えているようだ。

彼は腰を押し付けながら、片手を私の胸の膨らみに伸ばし、手のひら全体を使って円を描くように捏《こ》ねる。

柔らかい脂肪を揉《も》みしだく圧力と、時折胸の先を掠める指先とが気持ちいい。

「……園田、すごいエロい顔してる。もっと見せて」

「やっ……」

彼がそうであるように、私も迸《ほとばし》る快感を表情に出してしまっているらしい。

それが恥ずかしくて、両手で頬を覆うけれど——

「だめ。お前の感じてる顔、ちゃんと見せて」

胸の膨らみを愛撫するのとは逆の手で取り払われてしまう。

「隠すなよ。お前のそのやらしい顔見ながらイきたいんだから」

「ふ、ぁっ……！」

意地悪な言葉で煽《あお》りつつ、柳原はときには深くときには浅く、抽送のリズムを刻んで私を追い立ててくる。

「……なあ。お前、俺のことなんて全然男として見れないって言ってたよな？」

彼は私の膣内《なか》を穿《うが》ちながら、息を詰まらせてさらに訊《たず》ねる。

「そんな相手にこうやって喘《あえ》がされて、感じてる顔見られて。どんな気持ちだ？」

「っ……な、んで、そんなこと訊《き》くのっ……」

羞恥《しゅうち》で耳まで熱くなるのがわかる。

わざとだ。柳原のヤツ、こんなときまで私をからかって楽しんでいる。

私の予想を裏付けるように、彼はしたり顔で私を見下ろしながら小さく笑う。

「訂正するならしてもいいんだぜ。そしたらもっと優しく抱いてやってもいい」

「んんっ……！」

そう言うと、柳原は上半身を屈めて私の胸に顔を埋めると、片方の頂《いただき》をカリッと甘噛みする。

痛みのなかにむずがゆいような切ないような不思議な感覚が入りまじり、私はまた甘い声を発してしまう。

「——認めろよ、園田」

「っ……だ、誰がっ」

私は頂の愛撫を続ける柳原の頭を睨みながら言った。

「さ、さっきから言ってるけどっ……別に柳原が相手だからこんなふうになってるんじゃないしっ……」

「へえ、まだそんなこと言うんだ」

顔を上げた柳原と視線がかち合った。私の瞳を見遣る彼のそれがサディスティックに光る。

「……ならわかった。俺のことで頭がいっぱいになるように——俺のことしか考えられなくなるように、お前のこと最高に気持ちよくしてやるよ」

「え——……んんっ……！」

ゆらりと柳原の顔が近づく。彼は鳥が啄《ついば》むように何度か軽く唇を触れ合わせたあと、舌先をねじ込んで私の口内を探ってきた。

「んっ……ん……！」

私の舌を捕らえると、自身のそれをねっとりと絡めたり、きつく吸い立てたりする。彼と繋がった下半身がきゅんと切なくなるのを感じた。

「……っふ……唇で繋がりながら、下の口でも繋がってるんだぜ、俺たち」

「……っ！」

呼吸を貪《むさぼ》る合間、柳原が「ほら」なんて言いながら、接合部に視線を向ける。

「ちゃんと見てみろって」

「やあっ……は、ずかしいっ……」

繋がってるところをわざと見せつけようとするなんて、本当、とんでもないドSだ。

堪《たま》らず首を横に振ると、彼は満足げに笑いを零して、また唇を塞《ふさ》いでくる。

「んっ――ふ、ぅうっ……！」

行き来する唾液がどちらのものかわからなくなるほどの、激しいキスを交わしているうちに、腰の律動も速くなる。

上も下も掻き混ぜられて、頭も身体もとろとろのクリームになったみたいに蕩《とろ》けそうだった。

「はぁっ……もっと感じて、園田っ……」

息継ぎのためにまた一瞬、唇が離れる。

内壁を擦りながら、柳原の指は私の一番の弱点である秘芽を優しく擦り上げた。

鮮烈な感覚が一気に脊髄《せきずい》を駆け上がる。

「やぁあっ、だめっ……やあっ……！」

もう十分感じているというのに。

強制的にさらなる快感を呼びこまれ、私はただただ叫ぶことしかできなくなる。拒否の意を紡《つむ》ぐ唇は、再び彼のそれによって簡単に塞がれてしまった。

口のなかの粘膜が触れ合い、じんわりと温かで心地よい刺激が思考を支配する。

——こんなの、知らないっ……！

こんなに気持ちよくて、ふわふわして、我を忘れてしまうような感覚は初めてで、どうしたらいいのかわからない……!!

再び柳原の唇が遠ざかると、段々と何かがせり上がってくるのを感じる。

その何かは、下肢から送り込まれる快楽によって次第に大きく膨らみ、私自身を呑みこもうとする。

「ぁあっ……はぁっ、柳原ぁっ……柳原っ……！」

走っているときのようにどんどん呼吸が速くなり、胸の高鳴りも増していく。

興奮に浮かされながら、気が付いたら彼の名前を何度も呼んでいた。

「やばっ……俺、そろそろイきそうかもっ……」

柳原の額から汗がぽたりと零れ、私の鎖骨の窪《くぼ》みに落ちていく。

「園田……出していい？」

軽く奥歯を食いしばり、彼が訊《たず》ねた。

私と同じなんだ、と思う。彼も私と同じように、せり上がって呑みこもうとする何かに耐えているのだ。

——それなら一緒に呑まれてしまおう。いっそ苦痛にすら感じる快感から解き放たれるには、そうするしかないのだ。

「ん——いいよっ……」

私は頷いた。

「私も、もうっ……我慢できな……っ！」

柳原は私の返事を聞き届けると、腰を抱えなおして、それまでよりも上の角度から激しく膣内《なか》を突いてくる。

「あっ、ああ——っ……!!」

今までとは全く違う場所を刺激され、一際大きな声が零れる。

しかもそれは、お腹のなかを串刺しにされるみたいな衝撃で。私は急に何かに縋《すが》りたくなり、無意識のうちに柳原の背中に腕を回し、きつく抱きしめた。

「園田っ……もう出るっ……！」

「はぁっ、ぁっ……あああぁっ……！」

膣内で柳原が大きく張り詰めるのを感じた次の瞬間、彼は深く腰を押し付け、薄い膜越しに熱い迸《ほとばし》りを吐き出した。

それと同時に、私もまた視界が白むような眩《まばゆ》い快楽に包まれ、絶頂に達したのだった。

彼はベッドの上で果てたあと、ティッシュで私の身体を清めてくれた。

「——何か飲む？」

「……ううん、平気」

息が整わないままに、緩く首を振って答える。

絶頂感のあとの気だるさに支配され、何もする気になれなかった。

私はベッドに横たわり、身体を投げ出したまま、柳原の肩越しにぼうっと天井を見つめている。

「園田」

彼に名前を呼ばれて、そちらを見遣る。

「っ……！」

彼は私の両手首を掴むと、ベッドマットに優しく押し付けてキスをしてきた。

セックスの最中の奪うみたいな激しいキスじゃなく、唇の輪郭に舌を這わせたり、軽く吸い付くような穏やかなキス。

脱力していたせいか抵抗せずに受け入れ、まるで恋人同士のキスだな、と思う。

快楽を貪《むさぼ》るのが目的じゃなく、安心感や心地よさを共有するためのスキンシップみたいな。

「園田の唇、めちゃくちゃ甘い」

しばらく感触を味わったあと、彼の唇はそう言いながら離れていく。

「これからシャワー浴びて帰る支度するってのも大変だろ。風邪引くかもしれないし、このまま泊まって行けよ」

「えっ……ここに？」

「他にどこがあるんだよ」

彼はおかしそうに笑ってベッドから降りた。そしてクローゼットらしき扉を開けて、何かを取り出そうとしているようだ。

「さ、さすがにそれはマズいよ」

私はようやく身体を起こし、衣服を整えながら言った。

「何で？」

「何でって……ほら、家族には外泊するなんて言ってないし」

「電話したらいいだろ。友達の家に泊まります、とかって」

彼がクローゼットのなかの衣類ケースから取り出したのはバスタオルだった。

リフレのときに使っていたものとは違う、真っ白なそれは、バスルーム用であることが一目でわかった。

柳原はそれを「はい」と差し出して続ける。

「まさかとは思うけど遠慮してんの？　することしたんだから、気にすることなくない？」

「っ……」

言われてみればおかしな話なのかもしれない。セックスまでしているのに、何を遠慮することがあるのだろうか。

左手首の腕時計に目を落とす。今から支度したのでは終電も危ういし、帰宅できなくなる可能性を考えたら泊めてもらうのが一番安全かもしれない。

「——納得したならシャワー浴びて来れば。心配しなくても、覗いたりなんてしないから」

「あっ、当たり前でしょ！」

私はバスタオルをぶっきらぼうに受け取り、バスルームに向かった。

衣服を脱ぎ、全身に温かな飛沫《しぶき》を浴びていると、ついさっきの出来事が遠い世界のことのように思えてくる。

でも、これは現実なんだ。

ここは柳原の自宅で。顔を合わせれば口喧嘩《くちげんか》ばかりしていた彼と、どういうわけかセックスしてしまった。

『気持ちいいなら気持ちいいって言えよ。お前がそう思うこと、いっぱいしてやりたい』

『俺ので擦ったら……すごく気持ちいいと思うけど』

目を閉じると、まさに今そう言われたかのようにハッキリと思い出せた。彼の台詞《せりふ》が耳元で再生されると、下肢から何かが溢れそうな感じがする。

——身体が、熱い。

決して彼を好きになったとか、そういうわけじゃない。

でも、それまで全く異性として意識していなかった柳原の、男性的な部分を知ってしまったことで、混乱している。

……柳原はあんなふうに女の子を抱くんだ。

現実感のないままシャワーを終え、バスタオルで身体を拭こうとした。

「……ん？」

バスタオルに包まれて、黒い大きめのＴシャツがあることに気が付く。

……これに着替えろってことなんだろうか。

シャワーの前まで身に着けていたブラウスやらスカートやらを畳み、そのＴシャツに袖を通した。

洗面台の鏡に映してチェックする。

おそらく柳原のものであろうそれは、私が身に着けるとミニ丈のワンピースのように見えた。

洗面台のラックに置いてあったドライヤーを拝借して、濡れた髪を乾かす。

鎖骨までのそれを摘《つま》んだり持ち上げたりして温風を当てながら、私はもう一度鏡を見て、そのなかの自分の姿をまじまじと覗き込んだ。

メイクは、置いてあった洗顔料で全部落としてしまった。自社製品でケアしている肌は目立ったトラブルもなく、実際の年齢よりも若く見えるとよく言ってもらえるから、別段美人ではない私にとっては数少ないチャームポイントのひとつだったりする。

衝撃的な出来事のせいか、お風呂のあとだとしても頬が変に上気しているような気がした。

……どうせ私が意識しているから、余計にそう感じるだけなんだろうけど。

大体乾いたところでドライヤーを止めると、元あった場所に戻して部屋に戻る。

「お風呂、ありがと」

「いや。じゃあ俺も入ってくる」

入れ替わりで、バスタオルやら部屋着やらを持った柳原がバスルームに向かった。

彼は私がシャワーを浴びている間、テレビを見ていたらしい。配線を隠して壁に掛けられたそのテレビから、わざとらしいくらいの笑い声が聞こえてくる。バラエティ番組のようだ。

カウチに座ってしばらく鑑賞していたけど、頭のなかがふわふわしてあまり内容が入ってこない。時折、バスルームのほうから扉などの物音が聞こえてくると、そちらに意識がいってしまう。

テレビは諦め、ふうっと深いため息を吐いたところで、そういえば家に電話していなかったことを思い出した。

慌てて自分の荷物のなかから携帯を取り出し、ディスプレイを確認すると、自宅から三件不在着信が入っていた。

……いけない、心配してる。

すぐに発信ボタンを押すと、二回目のコールで母に繋がった。

「もしもしお母さん。ごめんね、まだ起きてた？」

もう日付が変わりそうな時刻。普段の母なら寝ている時間だった。

「莉々、あんたどこにいるの？」

「あ——えっと、友達の家。か、帰りに同僚が気分悪くなっちゃって、送って行ったんだけど、遅くなったから泊めてもらうことになって。事情が事情だからなかなか連絡できなくてごめんね、でも、もう平気だから心配しないで」

ここに泊まると決めてから、一番信憑性《しんぴょうせい》のある嘘を——と考えていた。

疑問を持たせる隙を与えまいと一息に言うと、母は「あらあら」と驚いた声を出す。

「それは大変だったわね。その人、本当にもう大丈夫なの？」

「うん。少し休んだらかなりよくなったみたい。今お風呂に入ってるよ」

優しい性格の母は、むしろ架空の同僚の体調を気遣っていた。

ほんの少し後ろめたい気がするけど、本当のことを言うわけにはいかないし、しょうがない。

「それならよかった。ねえ、その同僚の人って、もしかして瞳子ちゃん？」

「……そ、そう。今、瞳子の家にいるの」

頷いてしまったあとに、判断を誤ったかと後悔する。

でも普段からよく会社の話をしてる母は、私と仲のいい同僚なんて瞳子くらいしかいないことを知っている。別の人だよなんて言ったら、誰なのってことになるから、彼女の名前を借りたほうがいい気がした。

「じゃあ瞳子ちゃんにお大事にって伝えてね」

「うん、必ず伝える。じゃあ、明日はそのまま会社に行くから……おやすみなさい」

無事に通話を終えて緊張感から解放されたところで、部屋の扉が開いた。

シャワーを終えた柳原が戻ってきたのだ。

白地に黒いプリントのロングTシャツにグレーのスウェット姿は、普段会社で見るよりも若い印象を受ける。

彼は私の横に座って、こちらに身体を向けた。

「――テレビ見てんの？」

「あ……うん」

頷きつつも、電話をしていた上に内容を理解していなかったから、頼りない声になってしまった。

けれど柳原は「ふーん」と頷いて、深くは訊《たず》ねてこなかった。

「家に電話入れた？」

「ついさっき。瞳子の家に泊まってることになってる」

「そっか」

シャワー直後の濡れ髪を、バスタオルでわしわしと乱雑に拭きながら答える柳原。

ヘアスプレーのセットが取れた癖のない黒髪は、服装同様、やはりいつもより幼く見える。今だけなら大学生と言われても信じるくらいだ。

「——何だかんだでこんな時間か」

テレビの脇に置いてあるデジタルクロックで確認したらしい。彼はちょっと驚いたような声を上げて、私を見た。

「そろそろ寝ようぜ。こっち来いよ」

「あっ……」

急に右手を引かれて腰が浮く。私は反射的にその手を引っ込めた。

「わ……私、ここでいいよ」

「うち、余分な毛布とかないんだよ。ここじゃ寒いだろ」

「ううん、一晩くらいなら大丈夫」

ふるふると首を横に振って言い切る。

柳原とひとつのベッドで寝る――なんて、気恥ずかしかった。

それに、さっきみたいな出来事がもう一度ないとも限らない。今でさえ、彼にどんな態度を取っていいのかわからないっていうのに。

「お前って本当に強情だな。警戒すんなって」

そんな私を、柳原は笑い飛ばした。

「約束する、今夜はもう何もしない」

「…………」

「ちゃんと休んどかないと、明日の仕事に差し支えるだろ。それにいつもと違う環境で寝てみたら、案外すんなり眠れるかもしれないし」

冗談っぽくおどける声音ではなく、諭《さと》すようなそれ。私のことを考えてくれてる口調に、肩の力が抜けた。

「……わ、わかった」

「よし、じゃあ奥行って。横になってて」

促されるままにベッドに入り、壁側に横たわる。

ブルーで統一されている寝具からは、うっすら覚えのある香りがした。多分、柳原の香水の匂いだ。彼の身体や衣服から香りが移ったのだろう。

私がシーツを被っている間に、タオルを置きに行っていたらしい彼が戻ってくる。

「電気、消すからな」

「う、うん」

程なくして消える照明。視界が一瞬にして真っ暗になる。

さほど間を置かずに暗闇に慣れた目が、こちらへやってくる柳原のシルエットを捉えた。

衣擦れの音とともに、彼がとなりに潜《もぐ》り込んでくるのがわかる。

「…………」

さっきよりも――セックスのときよりも緊張してしまっている自分が滑稽《こっけい》だった。

ほんの数センチとなりで、柳原が横になっている。私の天敵の柳原が。

「……寝られそう？」

「ど、どうだろ」

曖昧《あいまい》に返事をしつつも、心臓がバクバクしすぎて実のところそんな気配は少しもなかった。

このまま、ヤツのとなりで永遠とも思えるくらいの長い時間を過ごさなければならないのだろうか……なんて考えていると――

「……！」

手のひらに、温かく柔らかなものが触れる。

それが柳原の手だとすぐに気が付いた。

「おやすみ」

彼はそれだけ言うと、緩く私の手を握ったまま寝息を立てはじめる。

柳原と手を繋ぐなんて――と慌てたものの、不思議と嫌な気持ちはしなかった。

それどころか、繋いだ手から伝わってくる彼の温もりを、心地いいと感じてしまっている。

……おかしい。今日の私はどうかしている。

相手はあの柳原なのだ。会社でいつも私をからかっては、カンに障ることを言ってくるアイツ。

その柳原の家に呼ばれリフレをしてもらった挙句、身体の関係まで持ってしまい、最終的には手を繋いで寝てる――なんて。自分で自分が信じられない。

でも……信じられないけれど、後悔はない。

彼から伝わってくる温もりに、なぜだかわからないけれど、私はホッとしていた。

張り詰めていた神経がふっと緩むみたいに、この優しい温もりが、私の心の重石《おもし》を取り払ってくれそうな気がする。

いつしか心の強張《こわば》りは消え去り、私はまどろみに誘われていた。

こんなに穏やかな気持ちは久しぶりだ――なんてぼんやりと思い巡らしながら、私は眠りの世界に落ちていった。

5

「おはよう、莉々」

翌日早朝。エントランスを潜《くぐ》ったものの、オフィスの入り口で立ち尽くしていたところで、瞳子に見つかり肩を叩かれた。

「あっ——おはよう」

私はびくっと肩を揺らしつつ、平静を装って挨拶《あいさつ》を返す。

「どしたの、こんなところで立ち止まって。……誰か探してるの？」

「うっ、ううんっ。そういうわけじゃないんだけど」

落ち着かない様子でオフィス内を見渡す私が、瞳子には挙動不審に見えたのだろう。否定をしつつも、瞳子の鋭さに動揺してしまう。

「ふーん。早く荷物置いて始業の準備したら？　今日も『ディアマント』の会議からでしょ」

「うん、そうだね」

深く追及されないことに胸を撫で下ろし、私は何でもない顔で頷いた。

瞳子の注意が逸れたところを見計らって、再度周囲をこっそり見渡す。

……どうやらまだ出社していないようだ。

でも、おかしい。ヤツは私よりも前にマンションを出たのに——

なんて思考を巡らせながら、自分のデスクへ向かう途中。

「あ、柳原くん。おはよ」

入り口側を見遣った瞳子が明るく呼びかけた男の名に、また肩が震えた。

「おはよう」

振り返って、声の主を確認する。

……間違いない。私が探していた人物だ。

そこへ女子トイレから戻ってきたらしい矢吹さんが通りかかる。

「柳原先輩、いつもより早いですね」

「そう?」

「だっていつも結構ギリギリじゃないですか。珍しいなと思って」

「言われてみればそうかもね。でも、よく見てるね」

柳原は首を傾げて考えるような仕草をしてから、ちょっと笑った。

「……あっ、はい、あの……」

すると矢吹さんは、急に声をくぐもらせて俯《うつむ》いてしまった。

ここから見ても頬が赤い。

「園田、おはよう」

そんな矢吹さんにはかまわず、柳原がうさんくさい笑顔で挨拶《あいさつ》を投げてきた。

「おっ……おはよ」

声が上ずらないように極力注意しながら返事をした——つもりだったけれど、上手くいかなかったかもしれない。

本当のところ、今日柳原と朝の挨拶をするのは二回目だ。

一回目は彼の部屋の、彼のベッドの上だった。

カーテンの隙間から差し込む光で目が覚めて、自分がなぜここにいるのか、どうしてとなりにヤツがいるのかを思い出しているときに、寝起きの掠れた声で同じやり取りを交わした。

——なんてことは、瞳子を含め周囲の社員は露《つゆ》ほども思っていないだろう。当の私でさえ悪い夢だったのではないかと疑っているくらいなんだから。

それでも、嘘を吐くのが苦手な私は、誰かに勘付かれてしまうのではないかと思い、気が気じゃなかった。

今日は目覚めた直後から神経を消耗した。自宅の母親へフォローのためにもう一度電話を掛けたり、柳原宅から出社する際、私は電車、柳原は車と交通手段を変え、さらには出る時間さえもずらしたのだ。

そこまでしても、もしかしたら誰かに見られていたかも——とか、私たちの発するささいな空気感の違いで怪しまれるんじゃないか——なんて考えが頭をもたげる。

……いけない、自然にしていないと。自然に。

「ん？　反応鈍いな。お前、朝一から会議なんだろ。寝ぼけるなよ」

それに引き換え柳原は見事なポーカーフェイスっぷりだ。たどたどしい私の返事をフォローしつつ、いつもと変わらないやり取りに持っていく余裕がある。

「だ、大丈夫だって」

私は早口でそう言って、自分のデスクへ方向転換をする。椅子にバッグを下ろし、コートを脱いでいると、

「莉々、やっぱり寝不足なんじゃない？」

——と、並びの席の瞳子が顔を覗き込んできた。

「そ、そんなことないよ」

私は椅子の背もたれにコートをかけてから、両手をぶんぶん振って否定する。

むしろここ最近を振り返ってみると、昨日はよく眠れたほうだった。

柳原にリフレをしてもらったり、鬱々《うつうつ》した気持ちを吐き出したりして、心身の緊張が解《ほぐ》れたのが大きな要因だろう。

……そのあとの思いがけない展開のせいもあるんだろうけれど。

「……無理してない？」

「うん。してない、してない。何、どこか変？」

「どこっていうか……」

彼女は私の全身をくまなく視線でなぞってから言った。

「服」

「え？」

「だから服装。昨日と同じだから」

あっ——と叫び出しそうになるのを何とか堪《こら》えた。

失念していた。当たり前といえば当たり前だけど、昨日と全く同じ格好で出勤していたという事実を。

「もしかして、会社に泊まり――なわけはないか。今出勤してきたしね」

「うん、あの……実は昨日は終電逃しちゃって。それで、近くのネットカフェに泊まったんだよね」

「えっ、そんなに仕事大変だったの？」

同じプロジェクトメンバーの瞳子は「言ってくれたらよかったのに」と労《いた》わるように眉を下げる。

私は首を横に振った。

「違うの、あの、ちょっとボーッとしちゃって。本当、うっかり逃しちゃっただけだから、気にしないで。ドジだよね、私」

「ふーん……？」

瞳子はあまり納得していない感じだったけれど、これ以上訊《き》かないでいてくれた。

付き合いが長く、仲のいい彼女は、やはり私の様子がおかしいことを察しているみたいだ。

とはいえ、いくら信頼のおける瞳子にも、昨日起きた出来事を話す決心はつかない。

事情があるとはいえ、あれほど彼女の前でこき下ろしていた柳原と、男女の関係を持ってしまった――なんて知られたら、どんな顔をしていいのかわからない。

デスクの抽斗《ひきだし》やバッグのなかから必要な資料を取り出し、胸の前に抱える。ボロが出る前に、さっさと会議室に行ってしまおう。

「――ああ、園田」

立ち上がったところで、柳原にまた声を掛けられた。

「な、何？」

用事があるなら早く済ませてほしい。私は焦りのあまりイライラした口調で訊《たず》ねた。

「そんな怖い顔すんなって」

彼は相変わらず、いつものノリで笑った。けれど。

「……疲れてるんだとしたら、寝不足じゃなくて——久しぶりだったセックスのせいだろ？」

「っ!?」

あろうことか、ヤツは私にしか聞こえない声でそんなことを呟き、ぽんと肩を叩いた。

瞬間的に資料を抱えていた腕の力が抜け、床にそれらをぶちまけてしまう。バサバサ、と乾いた音が響いた。

「あーあ。何やってんだよ」

「園田先輩、大丈夫ですか？」

呆れた声で私を咎《とが》めながらしゃがみこむ柳原に向かって、矢吹さんが駆け寄ってくる。

彼女は柳原と同じように床に屈むと、落とした資料を彼と一緒に拾ってくれた。

「——はい、どうぞ」

矢吹さんはそれらをひとまとめにし、立ち上がると笑顔で私に差し出した。

「あ……ありがと」

矢吹さんより一歩退《ひ》いた位置から、柳原の視線を感じる。私の動揺を楽しむかのような視線だ。

私はそれに気づかないふりをしながら、逃げるように会議室へ向かった。

『……疲れてるんだとしたら、寝不足じゃなくて――久しぶりだったセックスのせいだろ？』

柳原の言葉がリフレインすると、叩かれた肩が熱く感じるのと同時に、昨夜の出来事が蘇《よみがえ》る。

「……柳原に癒《い》やされるなんて、何やってんだか」

会議室に向かう道すがら、昨夜を振り返って口のなかで呟く。

確かにリフレは気持ちよかった。元プロだけあって、圧の加減も絶妙だったし、安心して受けていられた。

地味にショックなのは、身体よりも精神的な癒やしを実感してしまったことだ。

柳原と手を繋ぎ、彼の温もりを感じながら安心して眠ってしまうなんて――普段の私なら絶対にあり得ないのに。

「園田」

名前を呼ばれて振り返ると、こともあろうか柳原が後を追ってきていた。

――せっかく抜け出せたと思ったのに！

「なっ……何よ」

「お前、態度に出過ぎなんだよ」

私の一歩手前で立ち止まると、呆れた口調で彼が言う。

態度に出るような言葉で煽《あお》ってくるのは自分のくせに、嫌味《いやみ》なヤツ。

「あんまり意識すると周りが怪しむだろ。もっと平然としてろよ」

「わ、わかってるってば」

周囲を見回し、誰もいないことを確かめてから小声で叫んだ。

私だって、柳原と何かあっただなんて勘ぐられたくない。

「それならいい。……で、どうする？」

「どうするって？」

質問の意図がわからず、オウム返しに訊《たず》ねる。

「次のリフレ、いつにする？」

「はあっ？」

ついつい素《す》っ頓狂《とんきょう》な声が出た。そんな私に対して、柳原はやれやれと肩を竦《すく》める。

「バカ、声がでかい」

「だって、次って何の話なの」

昨日の一件は柳原の気まぐれではなかったんだろうか？

「ああいうのって、継続して受けて初めてちゃんとした効果を発揮するもんなんだよ。それに」

彼の瞳が意地悪に細められる。

ヤツはわざわざ私の耳元に唇を寄せて続けた。

「園田、昨日の晩に試していいって言ったよな。……お前が俺にオチるかどうか」

「っ……！」

『柳原のことなんか、絶対に好きになったりしないんだから。ちゃんと証明してあげる！』

思いっきりタンカを切ってしまったことが蘇《よみがえ》る。

そ、そうだった——約束してしまったんだった。……でも！

「き、昨日、ああいうことがあってもっ……柳原のこと、好きにならなかったしっ……」

「勝敗を決めるのは早すぎるだろ」

私はてっきり、彼との勝負は昨夜に限ったことだと思っていた。けれど、どうやらそうではないらしい。

「一度勝負を受けたなら、ちゃんと闘い切るのがマナーだ。しばらくの間——そうだな、『ディアマント』のプロジェクトが落ち着くまでをその期間にしようか」

「……………」

「それならお前も身体の疲れを癒《い》やせるし、ちょうどいいだろ」

「……………」

「そもそもお前に不利益はないんだから、断る理由はないはずだ。お前が言うように、本当に『俺にオチるはずがない』と思っているならな」

確かに……私にとって失うものは何もない。

施術者が柳原だとしても、リフレをしてくれるのはありがたい話だ。

その最中、彼が何らかの手を使って私を口説《くど》いてきたとしても、私がそれになびかなければいいだけだし、実際なびくはずないんだから。

「……まあ、俺のこと好きになっちゃうかも——なんて不安が既にあるとしたら、悩みどころだけどな」

徐々に自分のなかで納得しかけたところで、ヤツがまた煽《あお》るようなことを言い出したものだから、カチンときた。

「不安なんてあるわけないでしょ！」

私は昂然《こうぜん》として言った。

「そうだね、私は損はしないわけだし、勝手にしたらいいじゃない。でも、どんなことをされても柳原のことなんて絶対に好きにならないから！」

どうしてそんなに図々《ずうずう》しいことが言えるんだろう。これまで散々言いたい放題してきたくせして、簡単にオチる女だなんて思われてることが腹立つ。

こんな男に気持ちが揺らいだりしないと証明して、自信満々のヤツの鼻をへし折ってやる！

怒り心頭の私を見て、どうしてか柳原は声を殺して笑っている。

「何がおかしいの？」

「いや——園田なら絶対そうやって乗ってくれると思ったから。あまりにも予想通りで、つい」

「〜〜〜〜！」

私が単純だって言いたいわけだ。……またバカにして！

……思い返せば昨日もこのパターンではめられたような気もしたけれど、一度吐いた言葉を引っ込めるわけにはいかない。

柳原はひとしきり笑って満足すると、くるりと踵《きびす》を返した。

そして微《かす》かに後ろを振り向きながら言う。

「――てことで、約束したからな。会社の帰りで都合がいいとき、携帯で連絡して」

こうして、本当の意味での一騎打ちが始まったのだった。

◇　◆　◇

クラリセージの香りは、心と身体の緊張を取り払い、幸福感を覚えさせるらしい。

柳原が使用しているマッサージオイルにはクラリセージがブレンドされていて、施術中にはいつもふわりと独特の甘い香りが匂い立つ。

その香りのおかげか、リフレの最中は穏やかな気持ちでいられる。

柳原のうんちくによれば、海外では分娩の際に使用されることもあるらしい。

「力、強すぎない？」

最初に受けたときと同じ、あのカウチの上で投げ出した脚を、柳原の両手が滑っていく。

「……うん、ちょうどいいよ」

うとうとしながらも、せっかくのリフレの途中で眠ってしまってはもったいない――と、ほんの少しだけ気を引き締めた。

あの日から二週間が経過した。私が彼から施術を受けるのはこれで四回目になる。

仕事帰り、時間の空いたときを見つけては、柳原に連絡をして自宅に向かう。

そしてこんなふうに――膝上から足裏までのリフレを受けさせてもらうのだ。

オイルをまとった温かな手が、膝頭《ひざがしら》に、膝裏に、ふくらはぎに、足裏に触れるたびに、筋肉の強張《こわば》りが少しずつ解《ほぐ》れていくような気がする。

身体に効果が現れれば、心にも効果が現れるようで、最近は『ディアマント』の会議で周囲とぶつかることが明らかに減った。

身体が解れたことで心にゆとりができたのだろう。瞳子いわく、プロジェクトメンバーに対する発言が柔らかくなってきているという。

メンバー側も、私が言葉に気を遣っていることに気づいてくれたようで、変にギスギスしたりせず、スムーズに会議が進むようになったというわけだ。

そういう点では、柳原には非常に感謝している。

それにしても、彼の触れ方は本当に優しい。

気持ちよさと痛みのすれすれの刺激を与える強押しのものとは違い、ゆっくり、じんわりと攻めてくるタイプの施術は、眠りを誘うような、心地よいものだ。

リラックスしているって、こういうことなんだろうな。

とても似てる感覚をつい最近味わったな、と思った。

何だったっけ――と考え始めてすぐに、それが柳原と手を繋いで寝たときだったと思い至り、私はぶんぶんと首を振った。

「……？　どうかした？」

「う、ううん」

閉じていた目を開けると、柳原が不思議そうに私の顔を覗き込んでいた。

私は短く答えて、再び目を瞑《つむ》る。

——あれは別に、柳原だから心地いいと思ったわけじゃないんだから。

あのときの私は本当に弱っていて、誰でもいいからとにかく温もりを感じたかったのだろう。

……だとしても、柳原の存在が精神的な癒《い》やしになってしまった——なんて、認めたくないのだけれど。

リフレは一時間程度。部屋のなかは適度な温かさに保たれ、絞った明かりが、なおさら眠気を誘う。

夢と現《うつつ》を行き来している間も、私は彼にされるがまま。

オイルをふき取り、パウダーで脚全体をサラサラに仕上げると、施術が終わる。

そして、柳原がこう呟くのだ。

「——今日も最後まで、我慢できるといいな」

私はその台詞《せりふ》をしっかりと耳にしながら、まどろんでいるふりをする。

ある意味では、ここから先が本番なのだ。……柳原と交わした約束の。

「っ……」

ひざ掛け代わりに脚に掛けられているバスタオルの隙間から、柳原の手が潜《もぐ》り込んできた。

私の太腿をひと撫でしたあと、スカートのなかを、上へ上へと移動していく。

まだ少しオイルの残った指先がくすぐったい。

起きているのを悟られないように気を付けながら、私は小さく深呼吸をした。

目を閉じていると、その分他の感覚が鋭くなる——と聞いたことがあるけれど、その通りだ。

彼の手がどこをどんなふうに触れるのかという予測もできないし、だからこそ触れられたときの感触が新鮮に思える。

「少し鳥肌が立ってるみたいだけど、くすぐったかった？」

「…………」

柳原が問いかけてくるけれど、私は答えずに寝たふりを続ける。

彼の起こした行動に反応しているところを見せたくない。翻弄されていると勘違いされるのは癪《しゃく》だ。

「いつもながら、頑張るよな。……だから面白いっていうのもあるけど」

——何が面白いだ。こっちはちっとも面白くない。

なかば感心したように言う柳原の言葉に、心のなかで悪態をついた。

私にとって、癒《い》やしの時間のあとは闘いの時間になっている。

……私が、彼に異性としての興味を全く持っていないことを証明しなければならない時間なのだ。

『私は損はしないわけだし、勝手にしたらいいじゃない。でも、どんなことをされても柳原のことなんて絶対に好きにならないから！』

二週間前に、オフィスで私が柳原に放った言葉。

それをそのままそっくり、ストレートに受け取ったらしい彼は、こうやって施術後にいたずらを仕掛けてくるようになった。

彼いわく、「女って生き物は、身体を許したあとは心も許すようにできてる」んだとか。

私が柳原に身体を許すことで、気持ちのほうでも彼を受け入れるようになるだろう——ということらしい。

そんなヤツの思い通りになるものか。全くもってくだらない。

だから、ヤツの仕掛けてくるどんな誘惑もやり過ごしてやると私は心に誓った。

どんなふうに触れてきても、どんなことをされても、何ともないですよ——という態度を貫けば、そのうち諦めるはずだ。

「下半身の力、抜きなよ」

触れていてそう感じたのだろう。柳原は小さな笑い交じりにそう言う。

「それとも、強張《こわば》らせてないと感じちゃうから？」

続く挑発的な言葉にイラッとするものの、表情に出しては相手の思惑通りになってしまう。

私は内心で柳原に舌を出しつつ、表面上は寝たふりを続ける。

「ま、どっちにしろ気持ちよくなっちゃうんだから、そんなのどうでもいいんだけどさ」

彼の指先が、ショーツのクロッチの部分を掠める。

「っ……」

意識しないようにと気を付けていても、敏感な場所に触れられて涼しい顔をしていられず、息を呑む。

「ここ、感じる場所だもんな」

言いながら、柳原は二本揃えた指の腹で、クロッチの上をゆっくりと往復する。

秘裂をなぞるみたいなその動きに、背中にゾクゾクと官能的な何かが走った。

おそらくずっと私の顔を見下ろしているだろう柳原は、狸寝入りのなかにも微《かす》かな表情の変化を感じとったらしい。またあの、他人を小ばかにした笑いをしてから言った。

「努力は認めるんだけど、園田、最後まで我慢できたことないんだよな」

――くっ……悔しいっ。

寝たふりをしないでいいなら、今すぐにその嫌味《いやみ》ったらしい口を塞《ふさ》いでやりたい。

だけど悲しいかな、柳原の言ってることは嘘じゃない。

毎回私がいくら耐えようと意気込んでも、最終的には彼に翻弄されてしまうのだ。

「いっつもそうだろ。……ここ、こうやって弄《いじ》ってると、すぐに濡れてきちゃうもんな」

時折、秘裂の内側に隠れた秘芽を撫で上げられると、電気が流れるような鮮烈な快感が生じる。

それに耐えているうち、私の身体の中心からは、とろとろとした蜜が溢れ、クロッチの部分に染み込んでいく。

「ほら、もう濡れてきた。……口ほどにもないよな」

自分でも情けないと思うけど、でも言い訳させてほしい。

こんなの、生理的な反射に過ぎないのだ。一番最初――柳原と初めて関係を持ったときもそうだったけれど、彼の愛撫だからとか、そういう理由じゃない。

男性を受け入れるための準備を、身体が勝手にしているだけ。決してそこには柳原に対する好意的な感情なんて、存在しないのだ。

「——案外、俺がこうやってちょっかい出すの、楽しみにしてたりして」

それをこの男は、自分の都合のいいように解釈している。

楽しみなものか。これは闘いなんだから。

「そうやって無視決め込んでられるのは今だけだからな」

その台詞《せりふ》のあと、下腹部が外気に触れる。柳原がショーツを下ろしたからだ。

「考えようによっちゃ、俺ってかなり親切じゃないか？　お前の身体の疲れを取りつつ、欲求不満まで解消してやってるんだから」

いいかげんなことを口にしながら、剥《む》き出しになった入り口の縁をなぞる柳原。

「なあ——何か期待してるみたいにヒクヒクしてるけど」

彼の長い指が入ってくるかもしれない——と思うと、私の意思とは無関係に身体が反応してしまう。

「期待に応えようか。こうやって」

「っ……………」

彼の中指が、つぷりと膣内《なか》に埋め込まれる。その刺激で、私は両脚をきつく閉じてしまった。膝《ひざ》頭《がしら》で止まったショーツのクロッチ部分が、両膝に触れて冷たい。

「さすがに膣内の刺激には反応抑えられないよな」

確認しなくても、ニヤニヤした顔で見つめているだろうと容易《たやす》く予想できた。羞恥心《しゅうちしん》で首から上が急に熱くなる。

「園田のイイところ、もう俺は知ってるんだからな」

埋め込まれた指先が、お腹の内側に向かって曲げられる。

そして、彼はその場所を優しく何度も擦りはじめた。

「っ……！」

「ちょっと声出たな。やっぱここ、気持ちいいんだろ？」

これまで必死に堪《こら》えてきた声がもれてしまったのを、柳原は聞き逃さなかった。

からかうように言いながら、その手の動きを止めない。

「っ……ぁ、っ……！」

そこばかりを重点的に擦られると、目を瞑《つむ》っているはずなのに、チカチカと火花が散るような錯覚がした。

「腰浮かしちゃって。エロい」

そんなつもりはないのに、快楽を知ってしまった身体は無意識のうちに、より柳原の指を深く受け入れようと動いてしまっていたらしい。指摘されてまた顔が熱くなる。

「もっと奥がいいのか？」

訊《たず》ねながら、彼は膣内《なか》の指を根元まで捻じ込んだ。

「膣内もヒクヒクしてる。もっと擦ってって言ってるみたいにな」

羞恥を煽《あお》られているせいか、顔だけじゃなくて全身が熱くなってきてしまった。

柳原の指が身体を直接攻めてくるものなら、彼の意地悪な言葉は、私の情欲を刺激してくる。

耳を塞《ふさ》ぎたくても、この状況ではそうもいかない。

むしろ、聞いてはいけないと思っているから、なおさら意識してしまうというか。

「膣内もいいけど、お前が一番擦ってほしいのはこれだろ？」

「あっ!!」

彼の親指が捉えたのは秘芽だ。

無遠慮に剥《む》かれて、そこを指の腹でくりくりと撫でられると、私の身体は否応なしに大きく震えた。

同時に、吐息というにはあまりにも大きい呼吸音が唇から零れる。

「ここ――優しく転がしたらあっという間にイっちゃうもんな？」

前回も、前々回も、私が果てたのはここを触られたときだった。

男の人にはないものなのに、彼は触れるときの力加減を熟知している。

この場所はとてもデリケートで、少しでも強く触れられると痛みを感じてしまったりするものだ。

けれど柳原は決して乱暴にはせずに、私が気持ちいいと感じるタッチで刺激してくる。

……これも女慣れしているから成せる業《わざ》なんだろうか。

憎たらしいと思いつつ、その憎たらしいヤツの愛撫に反応してしまう自分が嫌だ。

「ほら、入り口からいっぱい溢れてきた」

彼が指摘するように、鋭い刺激によって湧き出した熱い滴《したた》りが、カウチの上に敷いたバスタオルに零れるのを感じる。

「……ぬるぬるしてたほうが気持ちいいよな」

柳原はわざわざ秘芽を撫でる指に蜜をたっぷりとまとわせてから、再び優しく捏《こ》ねまわす。くちくち、と粘着質な音が扇情的だ。

「はぁっ……」

だんだんと、呼吸の乱れが隠せなくなってきた。

規則的で穏やかな寝息を装っていたはずが、強い快楽によりいつの間にか不規則で緩急のついた吐息に変わり、私が起きていることは火を見るよりも明らかだった。

「ここ、たっぷり弄《いじ》られて——もうイきそう?」

ヤツはその変化に確実に気づいているのに、あえてそうやって訊《たず》ねたりする。

そうして私の反応を引き出したいんだろう。でも、絶対に応えてなんてやるものか。

「イきそうならイきそうって言えよ。そうしたら、お前がイきやすいようにナカも一緒に擦ってやるからさ——こんな感じで」

「っ……!!」

秘芽への刺激を続けながら、柳原は膣内《なか》に埋めたままだった指で再び内壁を何度も擦る。

弱い二か所を同時に攻められて、私は絶頂への階段を急速かつ強制的に上らされはじめた。

「もう我慢しなくていいのに。起きてるのはわかってるんだし」

彼の台詞《せりふ》は、いっそ同情を含んでいるように聞こえる。

私だって、こんな状態でばれてないなんて思ってない。

でも天敵の愛撫に翻弄されている自分を、どうしても認めたくなかった。

それも一度や二度じゃないのだ。彼と性的な接触をするときは絶対にこうなってしまう。

……私はこんなに快楽に弱い人間だったのだろうか？

条件反射だ、別に柳原が相手じゃなくても同じ——と言いながら、彼の愛撫だからこそ溺れてしまっているんじゃないだろうか？

——なんて恐ろしい考えも生じてしまう。

いけない、弱気になっちゃや。これは闘いだって、私自身が言ったんじゃないか。

たとえフィジカルな誘惑に負けてしまったとしても、気持ちさえ強く持っていれば、柳原に陥落したことにはならない。

……と、そう信じたい。

「あくまで寝たふりを貫くつもりなんだな」

柳原の声が、私を思考の世界から現実に引き戻す。

「——じゃあこっちも手加減しないからな」

その言葉と同時に、内壁を擦る指の動きが速まる。

「ぁ——……！」

素早く膣内を刺激されると、これまでとは全く違う愛撫をされているように思えた。

――だめ。我慢できない……！

このままじゃ……私、これまでと同じように――

瞬間的に下半身の筋肉全体に力が入る。

「もう限界なんだろ？　このままイけよ」

耳に落ちる柳原の声が、最後の最後で踏みとどまっている私に、このまま堕《お》ちてしまえと囁《ささや》き掛けた。

「んんっ……!!」

それを合図に、私はきつく唇を噛みながら絶頂を迎えた。

強張《こわば》っていた筋肉が弛緩《しかん》し、脱力すると、解放感とともに自己嫌悪《けんお》が襲ってくる。

――また柳原の愛撫で果ててしまった。

彼のいたずらに負けないようにと心に言い聞かせているのに……結局今日も柳原に乗せられてしまったのだ。

ああ……本当、情けないとしか言えない。

「今回も、最後まで耐えられなかったな」

ヤツが低い声で呟く。

「だからお仕置きだ。俺のことも気持ちよくしてくれなきゃ困る」

彼が私の身体に跨《また》がった。薄目を開けて動作を確認すると、部屋着のスラックスの前を寛《くつろ》げて、もう既に上を向いている彼自身を取り出す。

私が上り詰めてしまうと、彼は『お仕置き』と称して身体を求めてくる。

本当なら突き飛ばして拒否したいところだけれど、タンカを切った手前もあるし、寝入っているという設定の私に打つ手はなかった。

だから毎回、不本意ながらも彼を受け入れるしかないのだ。彼が成すいかなることも、ただじっと受け入れるしか――

「園田、挿《い》れるからな――」

律儀に避妊具を装着するのを確認する。と、柳原はまだ達したばかりで敏感な下肢に切っ先を押し当て、一気に貫いた。

「っ…………！」

身体を分け入り挿入《はい》ってくる質量に、声にならない声を上げる。

一番深いところに達した柳原が、その場所を細かく突くように腰を動かすと、悲鳴にも似た喘《あえ》ぎが零れ落ちそうになる。

でもそれだけはダメだと、自分自身に必死に言い聞かせた。眠っているという、もう絶対にバレている嘘で成り立っているこの状況を、何が何でも崩したくないと思った。

それが私の最後のプライドであり、無意味な抵抗でもあった。

「園田のナカ、イッたせいかすごいぬるぬる。俺の、あっという間に呑みこんだの、わかる？」

私の心とは裏腹に、快感の余韻《よいん》に震える入り口は難なく柳原を受け入れ、その刺激に過敏に反応している。

「はは、今は——答えらんないもんな。なら、勝手にさせてもらうけど……！」

「つ、ぁ……！」

彼が私の膣内《なか》で、一定のリズムを刻み始める。

生じる快感が、今は辛い。一度達してしまった身体は、膣内を穿《うが》たれるたびに叫び出したいほどの強い衝撃を受け、大げさではなくおかしくなってしまいそうになる。

「その必死になって耐えてる感じ——本当、イイんだよな……」

それをわかっていて、柳原は無遠慮に抽送を続ける。自らの快楽を追求しつつ、私を逃れられない快感で磔《はりつけ》にしようとするのだ。

「ここ……？　ここ突かれると、たまんない？」

どうしても腰が揺れてしまう箇所を見つけると、柳原は嬉々としてその場所を攻める。

柳原の硬いそれで擦られ、刺激されるたびに、私は泣きそうなくらい感じてしまう。

もう動かないでほしい。そんなにされたら、もう正気を保っていられなくなるのに……！

そう言う代わりに、内股に力を入れ、彼の動きを封じようと試みたのだけれど、

「……そんなふうに締め付けられると、もう出そうになるっ……」

なんて、逆に彼の快感を煽《あお》ってしまっていた。

律動は速まり、打ち付ける腰の力強さもどんどん増していく。

彼と私が触れ合う場所は、快感の印である蜜をたっぷりと纏《まと》い、卑猥《ひわい》で粘着質な音を響かせる。

「はぁ、くっ……園田——」

彼は両手で私の腰をぐっと引き寄せると、私の名前を呼びながら律動を止めた。

身体の内側がびくん、びくんと脈打つ感覚で、彼が達したのを悟る。

――と。私の唇に、温かで柔らかいものが触れた。

柳原の唇だ。それは微《かす》かにちゅっ、という乾いた音を響かせて、すぐに遠ざかる。

「――可愛かった」

柳原のリフレを受けるとき、もうひとつ毎回必ず繰り返されることがある。

それは、いたずらの最後は彼のキスと、甘い言葉で締めくくられることだ。

正直、この行動には参っている。どうやって対処したらいいのかわからないからだ。

会社での接し方とは百八十度違う、恋人にするようなそれ。

最初は気まぐれだと思った。私をからかっているのだと。

けれど、二回目、三回目と同じ出来事が起こるうちに、もしかしたら彼にとってはそういうつもりじゃないのかもしれない――と感じるようになった。

……本当、どうしたらいいのかわからなくて困る。

「温かいタオル持ってくる」

柳原はそう言って、キッチンスペースに向かった。

ホットタオルは毎回、リフレのあとに脚の拭き足りない箇所を拭くために出してくれるものだ。

私はその隙を見計らって、ローテーブルの上に置いてあるティッシュケースを引き寄せて秘所を清める。

タオルひとつとっても、私ひとりのためにいろいろと気を遣ってくれているのだなと思う。

口では憎たらしいことをあれこれ言いつつ、よくよく考えると、行動は私のことを思ってしてくれているのだ。

そのおかげか、リフレをしてもらった日の寝つきは実にいい。心身ともに癒《い》やされている何よりの証拠だと思う。そこに関しては、とても助かっている。

……だとしたら、柳原って実はいいヤツなんじゃないだろうか？

——いやいや。私ってば、すっかりヤツの術中にハマってるじゃないか。

きっとそこまで全部計算ずくに決まってる。

柳原の目的は私をオトすことなんだ。そのために、私が好意を抱くように振る舞っているだけだ。

それに気づいてしまったら、余計に腹が立ってきた。

親切なふうに見せながら、それを真に受ける私にしめしめと思っているってことだ。……やっぱり性格が悪い！

レンジを操作し、ホットタオルを持って戻ってくる柳原を薄目を開けて見つめつつ、気持ちだけでも絶対に負けるものか——と改めて心に誓ったのだった。

「莉々、今日の夜空いてない？　久々にご飯食べに行こうよ」

昼食の時間に混み合う社員食堂で、並びで食事をしていた瞳子が、塩ラーメンを啜《すす》りながら訊《たず》ねてきた。

「あー……ごめん、今日はちょっと」

「え、今日なら『ディアマント』のことが落ち着いてるから都合いいかなーって思ったのにー。もう予定入ってるの？」

「う、うん。そんなとこ」

私はいつも通りに、持参のお弁当とお味噌汁だ。

お味噌汁の豆腐を箸《はし》で掬《すく》う手が少し震えているのを悟られないようにして、口に運ぶ。

「なーんだ、つまんないの」

「ごめんね、また誘って」

社内で一番心許せる存在である瞳子からの誘い。

彼女のことだから、『ディアマント』のことでストレスが溜《た》まっているだろうと私を労《ねぎら》ってくれるつもりなのだろうし、普段ならまず断ったりしないのだけれど。

私が箸を持ったまま拝む仕草をすると、瞳子は、

「もちろん。次は絶対付き合ってね」

と笑った。

「ありがと」

短くお礼を言いながら、ほんのちょっとだけ後ろめたさを感じてしまう。

「ま、莉々が元気ならそれが一番だからね。最近は『ディアマント』の愚痴《ぐち》も減ったし、プロジェクトメンバーとも揉《も》めずに意見交換できてるもんね」

「そうかな」

「そうだよ。猪野さん、この間言ってたよ。『園田先輩、最近話しかけやすくなった気がします』って」

「……そっか」

思いがけず自分のいい評判を耳にして、顔が綻《ほころ》ぶ。

猪野さんはいい意味で上に媚《こ》びないし、竹を割ったようなハッキリした性格の子なので、彼女の言うことは信用してもよさそうだ。

「あ、柳原くん」

今の言葉を反芻《はんすう》していると、瞳子がひらりと片手を上げた。

彼女の視線の先には、どんぶりをのせたお盆を抱えた柳原の姿があった。

「木島――と、園田」

瞳子の声に振り返った彼が、こちらのテーブルに近づいてきた。

「木島、それ何ラーメン？」

「塩。柳原くんも今日はラーメンなんだね」

「そそ。俺は醤油《しょうゆ》だけどね」

瞳子と他愛のない会話を交わしながら、彼はさりげなく視線を私に向け、薄く笑う。

それを意識してはいけないと思いつつ、私はつい目を逸らしてしまった。

柳原との会社でのやりとりを自然に——というのは、なかなか上手くいかない。

といっても、要領のいい彼の問題ではなく、すぐ顔に出てしまう私のせいだ。

「あたしたちの前空いてるから、ここ座ったら？」

真正面の席を指して瞳子が勧めるのを、柳原は首を横に振った。

「いや。向こうで仕事の話しながら食べるから」

「そっか」

「それじゃ」

柳原は明るく言い、他のテーブルに移っていった。

「……変なの」

「何が？」

彼の後ろ姿を目で追いながら、瞳子が呟いた。

「最近、食堂で会っても柳原くん、私たちと一緒に座ろうとしないんだよね」

「そ、そうかな」

内心、鋭いところを突くな——と思いながらとぼけてみせる。

「そうだよ。それに、莉々と全然話さないし」

瞳子は結構他人のことをよく見ているんだな、と感心した。

私があまりにも態度に出てしまうため、他の社員に気づかれないよう、柳原は私と必要以上に接触しないようにしてくれているのだ。

「――もしかして莉々、柳原くんと何かあったの？」

「ごほ、ごほっ！」

核心を突かれ、飲んでいた味噌汁が気管に入ってむせてしまった。

「ちょっと、大丈夫？」

咳き込む私を心配して、瞳子が私の背中を擦《さす》ってくれる。

「……ごほっ、ごめん、大丈夫」

「やっぱり何かあったの？」

明らかに動揺している私の様子に、瞳子は眉間に皺を寄せて訊《たず》ねた。

――いけない、怪しまれている。

そう思って、何も言葉が出なくなる。背筋がヒヤリと冷たくなった。

「莉々と柳原くんのことだから、ついに大喧嘩《おおげんか》したとか？」

幸いにも、瞳子の推理は私の心配とは方向がズレていた。

まあ、そう思われるのは無理ないか。私は常に柳原に冷たく接していたし。

「違うよ、別にそういうんじゃないから」

ホッとしつつ否定すると、瞳子は唇に人差し指を当てて首を傾げる。

「えー、じゃあ逆に、柳原くんに告白されたとか？」

再び背筋に冷たいものが走る。

正解ではないけれど、全く違うわけでもない。

「な、何でそうなるの。別に何もないよ」

「喧嘩じゃなければ他にはそれしか考えられないよ。普段のふたりのやり取りを見てればさ」

そういえば瞳子は、柳原が私に気があるんじゃないか――なんて言っていたっけ。

「それは瞳子の勘違いだよ」

そこに関しては、今でも自信があった。

柳原は別に私を好きなわけじゃない。

ヤツは、私が柳原に対して異性としての興味を抱けないと断言しているのが腹立たしいだけなのだ。

だからやっきになって私をオトそうとしている。そうに違いない。

「莉々としては、柳原くんて絶対にナシなの？　少しでもいいなーとか思わないもの？」

瞳子に問われ、頭のなかのスクリーンに、私と彼がふたりでいる場面が映される。

リフレの時間。そのあとのいたずらの時間。そして、優しいキスと甘い言葉――

それらを順に思い返していると、一瞬答えを躊躇《ちゅうちょ》してしまう。

「考えるってことは、多少はアリだと思ってるってこと？」

「――っ、な、ナシだよ！」

私はぶるぶると身震いしながら答えた。

そんなはずはない。私は、柳原のことなんて絶対に好きにならないことを証明するために、仕方なくリフレを受けているだけなんだから。

「柳原なんて、何があっても――明日地球が滅亡するとしても絶対にナシ。ま、前から言ってるじゃない」

一瞬でも、どうだろう――と考えてしまった自分が許せない。

その一瞬の誤りを帳消しにする勢いで、捲《まく》し立てた。

「地球が滅亡って。莉々、柳原くんのこと嫌い過ぎ」

瞳子はおかしそうに笑って、その話題を終わらせてくれた。……勘付かれなくてよかった。

とはいえ、気の置けない存在である彼女に、またしても嘘を重ねてしまったことを申し訳なく思う。

いくら鋭い彼女でも、まさか今日の先約の相手が柳原だなんて考えてもいないだろう。

今日は急ぎの仕事もないし、例のリフレの日にしよう――ということになったのだ。

気が付けば前回のリフレから二週間も空いてしまっている。

習慣とは恐ろしいもので、定期的に受け続けていると、間が空いたときに物足りなく感じてしまうのだ。今はまさにそういう状態だったりする。

瞳子からの誘いを断ったのは、別に柳原との時間を大切にしたいからじゃない。その習慣のせいでだるくなった脚を癒《い》やしたい……ただその一心なのだ。

――なんて。まるで私、誰かに言い訳をしているみたいだ。そういうわけじゃないのに。

◇◆◇

「――お邪魔します」

何度家に上がっても、なんとなく玄関のところで畏《かしこ》まってしまう。

「どうぞ」

そんな私を見ておかしそうに笑いながら、柳原が部屋のなかに誘導してくれる。

「コート貸して。掛けてくるから」

「ありがと」

部屋に続く扉のところでそう言われたので、コートを脱いで手渡す。

「……お前さあ、もう三月の下旬なのに、まだ冬物のコートなんて着てるのかよ」

コートを手にした柳原はクローゼットを開け、ハンガーに掛けながら苦笑する。

「だってまだ寒いじゃない」

私は口を尖《とが》らせて言った。

暦《こよみ》の上ではもう春だけれど、まだ風が冷たい日が続いていた。まだスプリングコートに替える気にはとてもなれない。

……それにしても、もう四月に入ろうとしているのか。

私が柳原のリフレを受け始めて二か月ほど経った。『ディアマント』のこともあり、仕事が忙しくなったのもあるけれど、時間が経つのが早い。

「リフレ、間が空いちゃったからな」

「柳原、最近社外に出ること多いもんね」

暖房を入れながら、彼が私をカウチに促したので、そこに腰掛ける。

「将来この会社を背負っていく人間としては、やらなきゃいけないことがいろいろあってだな——コーヒーでいい？」

「うん」

飲み物を用意しにキッチンスペースへ移動する柳原。

本人が言うように、最近は彼も忙しいみたいだった。

社長である父親の命令なのか、取引先の会社や工場への出張が急に増えたらしい。

だから会社で顔を合わせる機会も減り、互いの都合を擦り合わせるのが難しくなった。今日みたいにふたりとも夜の時間が空くというのは、とても珍しいことなのだ。

「……矢吹さんも度々出張に付いて行ってるんでしょ？」

キッチンにいる彼に届くように、声を張り気味にして訊《たず》ねた。

「ああ。そう言われれば彼女が一緒のことが多いな」

私に指摘されて初めて気が付いたとでもいうように、柳原が言う。

どういうわけか、最近はふたりで揃って出張ということが多い。

将来的に父親の跡を継ぐ立場である柳原があちこちを飛び回るのはまあわかるとして、矢吹さんは私と同じ商品開発課の人間だ。

工場以外にそんなに行く場所があるとも考えづらいのだけど……

「その場合って、どういう業務してるの？」

コーヒーの香ばしい匂いがふわっと漂《ただよ》う。

柳原がコーヒーの入ったマグを一つずつ持って、こちらに戻ってきたのだ。

「――はい」

彼はそう言って片方のマグを静かに置いた。

それから私の横に座り、自分の分を一口啜《すす》ってから答える。

「矢吹って取引先のウケがいいから、もしかしたら営業部のほうが向いてるかもって話が出てるんだよ。で、俺が挨拶《あいさつ》に回るところに付いて行かせて様子見たらいいんじゃないか、ってことになったっぽいんだ。富司さんが言ってた」

「なるほど……」

小さくお礼を言ってから、私もコーヒーを啜った。

熱い液体がお腹に落ちると、身体の内側から温まった気分になる。

矢吹さんの姿を思い浮かべる。確かに周囲の――とりわけ、年上の男性のウケは抜群だろう。

砂糖菓子を連想させる可愛らしい雰囲気を好ましいと思う男性は多いはずだ。……少なくとも、私のように気が強いタイプよりはずっと。

「けど、矢吹さんは納得してるの？」

「納得って？」

「ほら、もともと自分がやりたいと思ってた仕事とは少し違う内容になるわけじゃない。本人はそれでいいのかなと思って」

「んー、俺が見る限りでは、むしろ興味あるみたいだけどな。何か、張り切ってる感じするし」

「そうなんだ」

彼女は控えめな性格ではあるけれど、仕事に対する考え方はきちっとしている。『ディアマント』の企画で一緒に仕事をしているからよくわかる。

『ディアマント』のほうもプロジェクトメンバーに入ってるし、今彼女、すごく忙しい時期だろうな。何とか頑張ってもらえればいいけど」

矢吹さんの話をする柳原の表情が綻《ほころ》ぶ。

「――真面目ないい子だし、俺も応援したい」

私には見せない、優しい笑顔だ。

きっと、仕事で行動をともにすることが多い分、彼女のことを気に掛けているのだろう。

普段女の子の話なんてしないくせに、珍しい。

「……そうだね」

自然に出た相槌が妙に冷たく響いたような気がして、自分でびっくりする。

柳原が矢吹さんのことをほめるのを、ちょっと面白くない――と思ってしまった。

別に彼がどの女の子をどう思っていたとしても、私には何の関係もないというのに。

「じゃ、そろそろリフレ始めるぞ」

「うん」

私は心の内がざわざわするのを感じながら、ひたすら熱いコーヒーを啜《すす》ることに専念した。

——苦い。

コーヒーの味は、今の説明のつかない感情と、少し似ていた。

◇◆◇

「莉々、おはよ」

「おはよう、瞳子」

私はしょぼしょぼした目で、瞳子のデスクの前を通って挨拶《あいさつ》する。

「どしたの、寝不足？」

「うん……」

普段なら、リフレしてもらった日は必ず安眠できていた。

私は小さくため息を吐いてから、眠気を追い払うためにぶるぶると顔を横に振った。

「また『ディアマント』のこと？　でも、今は結構落ち着いてるよね」

「まあ、そうなんだけど……」

瞳子が言うように、今はこちらが企画した商品を実際に工場で試作してもらい、その到着を待っているところだ。取り急ぎ解決しなければならないことはなにもない。

よって現状では、私が頭を悩ませるようなことはないのだけど――

私は自分のデスクに座ると、部署のパーティション代わりに使われている、ホワイトボードの行動予定表を見遣った。

そこには同じ商品開発課の人間全員の、一日の行動スケジュールが書かれている。

柳原と書かれた欄には「出張」と書かれていた。

そのあとすぐに、矢吹と書かれた欄も確認する――柳原と同じく「出張」の文字。

ボードで確認するまでもなく、昨日、柳原本人から聞いていたこと。

その準備のために、彼はいつもより少し早目にリフレを切り上げて、私と別れたのだ。

「――柳原くん、今日も出張だね」

私の視線を追ったのか、瞳子がボードを見て言う。

「うん」

「最近あんまり顔を合わせる機会がなくて、さすがの莉々も寂しいんじゃない？」

「まさか。イライラしなくてちょうどいいよ」

そんなことはない――と、笑って答える。

そう。柳原に会えないのが寂しいだなんて、そんなの的外れもいいところだ。

「しっかし柳原くんの出張のときって、たいがい矢吹さんも一緒だよね」

「そうみたいだね」

「あの噂って本当なのかな、社長が矢吹さんのこと気に入ってるからって」

「……どういうこと？」

まるで私も知っているだろうという口ぶりの彼女に対し、ピンとこない私は、首を傾げて続きを促す。

「営業課の女の子から聞いたんだけど、こういうときって普通、挨拶《あいさつ》には営業課の社員を連れて行くじゃない。でも、あえてうちの課の矢吹さんを選ぶってことは、未来を見据えてのことなんじゃないのって」

「……未来？」

「わかりやすく言えば、柳原くんのお嫁さん候補ってこと。取引先にアピールできるし、出張の間に仲も深まるし、いろんな意味で手っ取り早いっていう社長の計らいなのかなーって話が回ってるんだよ。……莉々、聞いたことなかった？」

「う、うん……知らなかった」

『矢吹って取引先のウケがいいから、もしかしたら営業部のほうが向いてるかもって話が出てるんだよ。で、俺が挨拶に回るところに付いて行かせて様子見たらいいんじゃないか、ってことになったっぽいんだ』

——柳原から聞いた話とはだいぶ違う。嫌な感じに心臓が高鳴る。

瞳子が聞いた噂が本当なら、社長は柳原の相手として矢吹さんに白羽の矢を立てたわけだ。

そうすることで、出張の間にふたりの時間ができるだろうことも予想して。

「もしかしたら、あのふたりってもう付き合ったりしてるのかもね——って、莉々？」

「えっ？」

「どうしたの、怖い顔しちゃって」

「あっ、ううん」

おどろきのあまり硬直してしまったからだろうか。表情を指摘されて、私は慌てて笑顔を作った。

けれど、心臓は変にドキドキしたままだ。

何なんだろう、この感じ。このすっきりしない、モヤモヤした感じは。

私はすぐ、昨日も同じような感覚に陥《おちい》ったことを思い出す。

——そうだ、あのとき。柳原が矢吹さんの話をしながら、笑顔を見せたときだ。あのときも私は、説明できない胸のざわめきを感じていた。

『もしかしたら、あのふたりってもう付き合ったりしてるのかもね』

たった今放たれた瞳子の台詞《せりふ》が蘇《よみがえ》ってきて、息苦しい。

柳原と矢吹さんが付き合っている？

まさかと思いつつ、頭のどこかで、それなら私とのリフレの時間が急に減ったことも説明がつく、なんて考えてしまう。

少なくとも私と初めて関係を持ったあの日までは、柳原に女性の影は見当たらなかった。

だから週に一、二度はリフレをする機会があったし、彼も積極的にその時間を作ろうとしていたように思う。

けれど、ここのところ出張が多くて、なかなか都合がつかない。

私は単純だから、それをそのまま素直に信じていたけれど……本当のところは、矢吹さんと付き合い始めたからだとしたら、どうなんだろうか？

彼女である矢吹さんを裏切って私との時間を作るのは、柳原にとって気が進まないことに違いない。

そもそも柳原は、別に私のことが好きであの勝負を持ち掛けたわけじゃない。

何度も言っているように、ただ柳原を否定する私が気に入らなくて吹っ掛けた。それだけのはずだ。

矢吹さんとの出張が増えたのと、リフレの時間が減った時期が重なることを考えても、柳原が矢吹さんを意識し始めている可能性は十分にある。

——瞳子が言うみたいに、すでに付き合っている可能性だって……

「…………」

そこまで考えて、私は「いや」と思いなおした。

やめよう。これ以上考えても何にもならない。

真実は本人のみぞ知るのだから、推測を重ねたところで答えなんて出ないのだ。

だいたい、柳原が矢吹さんと親しかったとして、それが私とどんな関係があるというのだろう？

彼がどんな女の子と付き合おうと、私の知ったことではない。

むしろ、誰かと付き合って落ち着いてくれるならば、私に対するセクハラじみた気まぐれな行動も収まるだろうから万々歳じゃなかろうか。

まだ付き合っていないのなら、さっさと付き合ってしまえばいい。それで、早いところ私を解放してほしい。

ふたりが並んだところを想像してみる——うん、美男美女でお似合いじゃないか。

そう思う気持ちは嘘じゃないのに、やっぱり胸のあたりがモヤモヤする。

「……変なの」

「えー？」

「あ、いや、何でもない」

言葉にしたつもりはなかったのに、口から出てしまっていたらしい。となりで瞳子が訊《き》き返すのを、慌てて誤魔化した。

どうでもいいこと——と、心に刻み付ければ付けるほど、私の頭からふたりの顔はなかなか消えてくれなかった。


——次の日の昼休み。

瞳子とふたり、社員食堂でランチをしているとき、ふと視線を片隅に向けると、ぽつんとひとりで食事を取ろうとしている女子社員の後ろ姿を見つけた。

「ねえ、あれ矢吹さんじゃない？」

華奢《きゃしゃ》で小柄な彼女の存在に、瞳子も気づいたらしい。私に耳打ちしてくる。

「うん、だよね」

「ひとりでいるなんて珍しいけど——あ、そっか、いつも一緒の猪野さんが今日お休みなんだっけ」

猪野さんは体調不良で休み、と聞いていた。

瞳子は納得した様子で頷き、

「ねえ、ここ呼んであげちゃう？」

と、何気なく提案する。

「矢吹さんをここに呼ぶってこと？」

「そうそう。ひとりで食べるのって味気ないじゃない。今はあたしたち、同じプロジェクトで働いてるわけだし、親交を深めるためにもさ」

「あー……」

「え、もしかして矢吹さんのこと苦手？」

「そういうわけじゃないけど」

瞳子に悪気はないのはわかっている。彼女はもともと誰とでも打ち解けやすく、ノリがいいタイプなので、よかれと思ってのことだろう。

けれど私は素直に「うん」と言えなかった。

もちろん、彼女に対して悪い感情を持ってるわけじゃない。

会議室での一件は……全く気にしていないと言えば嘘になる。でもまあ、仕事の上での不満というのは誰でも少なからず持っているし、私が悪い部分も多かった。だから、あのときのことで彼女が嫌いになったなどということはない。

じゃあどうして？

――柳原とのことが頭を過《よぎ》ったからだ。

答えを躊躇《ちゅうちょ》してしまったのは、何となくふたりのことが引っかかったから。どうしてかは、わからないけれど。

「じゃあいいじゃない――ねえねえ、矢吹さん、矢吹さん」

私の複雑な思いなど知るはずもない瞳子が、前方のテーブルに座り、今まさに箸《はし》を手にしようとしている矢吹さんの背中に呼びかけた。

自分の名前が呼ばれたことで、彼女は少し丸めていた背筋を伸ばして振り返る。

声の主が瞳子であると確認して、少しびっくりしているみたいだった。

「よかったらこっちに来なよ。ひとりで食べてもつまらないでしょ」

「え、あの……お邪魔じゃないですか？」

「全然。ね、莉々」

「あ、うん」

私も慌てて頷く。すると矢吹さんは、

「……すみません、じゃあお邪魔します」

と言い、自分のお盆を持って私の正面に移動してきた。

「ごめんね、見つけたからつい声掛けちゃった。もしひとりのほうが落ち着くとかだったら、遠慮なく言っていいから」

「いえ、誘って頂けてうれしいです」

逆に気を遣わせてはいけない──、そう思ったらしい瞳子の言葉に、矢吹さんは小さな手をぶんぶんと振って答えた。

恐縮こそしているものの、言葉の通り迷惑がられてはいないようだ。

「ならよかった──あ、矢吹さんのそれ、日替わりのハンバーグランチだよね。美味《おい》しそう」

「はい、今日の気分だったので」

「っていうかご飯大盛りじゃない？　そんなに食べられるの？」

ハンバーグと付け合わせのにんじんやブロッコリーなどが載ったプレートの脇にあるお茶碗を見て、瞳子がぎょっとした声を上げる。

守ってあげたくなるような外見に反して、そこにはこんもりとご飯が盛られている。

矢吹さんは恥ずかしそうに言った。

「わたし、食べるの大好きで、社食のときはだいたい大盛りにしてもらってるんです」

「へー、そうなんだね、意外！　その細い身体のどこに入るのかすっごい不思議」

「細いなんて。そんなことないです」

瞳子と矢吹さんの会話を聞きながら、何となくその輪に入れないでいる私に、

「莉々もそう思うよね？」

なんて、瞳子が話を振ってくれる。

少し戸惑いつつも、意識的に笑顔を作って頷き返した。

「――そういえば、本人もいることだし、聞いてみちゃおっかな」

会話が途切れたときを見計らい、瞳子がニンマリと怪しげな笑みを浮かべて切り出す。

「ねえ、矢吹さん。最近柳原くんと一緒の出張、多いよね。……ふたりがいい感じかもって噂が流れてるんだけど、本当？」

飲んでいた味噌汁を噴きそうになった。

噂好きの瞳子が、矢吹さんを前にその話題をスルーするとは思わなかったけど――まさかここまで単刀直入に訊《たず》ねるとは。

「えっ、あのっ……」

矢吹さんも突然切り込まれて、お箸《はし》を床に落としたりしてあたふたしている。

「大丈夫？」

「は、はいっ。だ、大丈夫です」

瞳子が声を掛けると、矢吹さんは慌ててテーブルの下に潜《もぐ》りこみ、落とした箸を拾ってからそう返事をする。

「すみません、落としちゃったので……か、替えてもらってきますね」

再びテーブルの下から頭を出した彼女の頬は、ほんのりと赤らんでいた。

「瞳子、そんなこと聞いたら悪いよ」

矢吹さんが替えの箸を取りに行っている間、私は軽く瞳子をたしなめる。

「だって気になるじゃない」

「だからってあんなふうにズバリ聞くなんて。矢吹さんだっていきなりで困ってたみたいだし」

「あはは、明らかにうろたえてる感じだったよねー。ってことは、身に覚えがあるってことかなー？」

噂は本当かもしれないという手がかりを得て、妙にご機嫌な瞳子とは逆に、私はソワソワと落ち着かない心地だった。

そんな会話を交わしているうちに、矢吹さんが戻ってくる。

「おかえりー。ごめんね、何かびっくりさせちゃったみたいで」

「い、いえ」

少しもそう思ってなさそうな口調で瞳子が笑うと、矢吹さんは小さく首を横に振った。

「で、で。どうなの、矢吹さん。柳原くんとの関係は」

「もう、やめなってば。悪いじゃん」

いたずらっぽく目を光らせてなおも追及しようとする瞳子を、今度は矢吹さんの前でやんわりと制してみる。

矢吹さんを気遣ってというよりは、自分自身があまり知りたくないという気持ちが強かったのだと思う。

何で知りたくないという感情が湧いてしまうのか、その理由は思い当たらなかったけれど。

「えっ……あ、はい、その……」

箸《はし》をお盆に置き、紅潮した頬を両手で覆って恥じらいつつ、矢吹さんは何か意思を固めた様子で一度頷くと、口を開いた。

「な、何て答えたらいいのかわかりませんけど……でも、あの……柳原先輩は優しいですし、仕事帰りにご飯とかもご一緒する機会が多いので……多分、そんなに、悪い関係じゃないんじゃないかと」

「えー、ほんと⁉」

綺麗な放射状にのびたまつ毛を瞬《また》かせ、瞳子が驚く。

「それって、いい感じですって言ってるのと同じことだよね！」

「ど、どうでしょう。柳原先輩の気持ちはまだちゃんと聞いたことないですけど……」

「いやー、でも仕事帰りの疲れてるところ、頻繁《ひんぱん》にご飯に行く関係なら、かなり期待できるんじゃないかなー。矢吹さんは、柳原くんのこと結構好きなんでしょ？」

「えっ！」

ただでさえ赤かった顔が、茹《ゆ》でダコのように真っ赤になる矢吹さん。

「やっぱりそうなんだー。柳原くん、人気あるもんね、わかるわかる」

「べ、別にっ、そういうわけじゃ……！」

「いーって誤魔化さなくても。誰かに言ったりしないし、ここだけの話ってことにしておくからさ、心配しないで」

焦って否定しようとする矢吹さんの言葉を、瞳子が打ち消すように明るくいなした。

「…………」

すると矢吹さんのほうも安心したのか、しばらく考えるような間を空けてから、

「わ、わたしが好きでも、柳原先輩がどう思ってくださってるかは、わかりませんから……」

と、消え入りそうな声で呟いた。

それから、不安げな、でも何か物言いたげな表情で私を見やる。

「きっと柳原先輩とは、園田先輩のほうが仲良しなんじゃないかなって、思ってますけど……」

「莉々が？」

矢吹さんの視線を辿るように、瞳子もこちらを向いて私を見つめる。

「……わたし、この間見ちゃったんです。園田先輩が柳原先輩の車に乗り込んで、一緒に会社を出るところ」

「え⁉」

矢吹さんと瞳子、ふたりの視線を浴びながら、しまった——と思う。

リフレの日は、なるべく人目を気にして移動しているつもりだった。もちろん、こういった目撃談を生まないためだ。

だがその努力に穴があったらしい。

しかも、よりにもよって柳原を想っている矢吹さんに見られたなんて。

「…………」

何も言えないでいる私に、矢吹さんは続けて言った。

「あの、決して後をつけたとか、そういうんじゃないんです。ただ、柳原先輩が会社を出た後、仕事で聞いておきたいことがあったのを思い出して、駐車場まで追いかけたら間に合うかなって思ったんです。……そしたら、園田先輩と一緒だったので、びっくりして」

「本当なの、莉々？」

信じられないものを見るような目で、瞳子が私を見つめている。

瞳子がびっくりするのは当然だ。

柳原に対しては、気に入らない、嫌いだ——と延々繰り返してきたのだから、当たり前だろう。

遠慮気味だった矢吹さんだけれど、口に出したことで何かが吹っ切れたのかもしれない。矢継《やつ》ぎ早《ばや》に続けた。

「普段から園田先輩は柳原先輩と仲がいいし、そういう関係であっても不思議じゃないなとは思っていました。でも柳原先輩、出張でわたしとふたりのときとかはすごく優しく接してくれて、期待してしまって……」

「ちょ、ちょっと待ってよ」

そこまで聞いて、私はようやくストップをかけた。出した声が裏返るほど、自分は動揺しているようだ。

……とにかく、どうにかしてこの場を乗りきらないと。

「何か勘違いしてるみたいだけど、まず、私と柳原が仲いいなんてことはないよ」

強い口調で私が言うと、矢吹さんは怪訝《けげん》な顔をする。

「柳原先輩、園田先輩に対してはかなり気を許してるじゃないですか」

「柳原が、私に？」

「はい。こう、冗談を言ったりとか……」

「それは同期だからっていうのと、柳原が私を完全にからかいの対象として見てるからだよ」

そこに関しては嘘偽りない真実だ。私は彼女の怯えたように揺れる瞳をしっかりと見つめたまま言う。

「昔から――入社試験で初めて会ったときから、柳原はああなの。私になら何言ってもいいって思ってるんだよね。でもそれは、気を許してるとかそういうんじゃなくて……単に面白がられてるだけ。頭にくるから、なるべくかかわらないようにしてるんだけど」

言いながら、普段から積もり積もった苛立ちがこみ上げてくる。

何だってあの男は、私にだけああいう腹立たしい態度を取るのだろうか。

「じゃあ、どうして柳原先輩の車に乗ってたんですか？」

問い詰めるというよりは怖々《こわごわ》といったふうに、矢吹さんが重ねて訊《たず》ねる。

「あの日はどういうわけか、柳原が急に親切なことを言い出して――親切っていうのは、今の『ディアマント』に役立ちそうな資料を貸してくれるってことなんだけど……家まで取りに来いって言われたから、仕方なく付いて行ったんだよ」

「柳原先輩の家にですか？」

「莉々、あんたそれマジ？」

男性の自宅に行く――という言葉で、ふたりとも変な想像に行きついてしまったようだ。

「いや、資料を借りただけだってば！　……家には上がってないし、貸してもらってすぐ帰ったよ」

その想像はその通りなんだけど、それを認めるわけにはいかない。

私は咄嗟《とっさ》に、初めて柳原の家を訪れた日のことに置き換えて説明することにした。

あの日、リフレをしてもらった件やその後に起きたことは伏せ、あくまで資料を借りに立ち寄ったのだとふたりに言い聞かせる。

「ああ、なんだ。そういうことね」

「………」

普段から愚痴《ぐち》を聞かされているからか、瞳子のほうは私の言葉をすんなりと呑みこみ、納得している様子だった。

けれど、矢吹さんは、まだどこか信じきれない様子で、疑わしいという表情を隠さない。

「私がいつも柳原のことを煙たがってるのは、瞳子がよく知ってるから。まだ怪しいと思うなら、瞳子に聞いてみてよ」

柳原とのことがバレるなんて絶対に避けたい。

その気持ちが、嘘を吐くのが下手な私を饒舌《じょうぜつ》にする。

矢吹さんは「本当ですか？」と訊《たず》ねるように瞳子に視線をくれる。それを受けた瞳子が、肯定の意で一度頷いてみせた。

「……そうだったんですね。何だか、早とちりしちゃってすみませんでした」

そう言う矢吹さんの表情がホッと緩む。

頭を下げる彼女の姿に胸の奥が痛むのを感じるけれど、気づかないふりをして「ううん」と答えた。

「でもそういうわけで、私と柳原は何でもないからね。矢吹さんとの仲を邪魔するつもりもないし」

「矢吹さんこれから大変かもよー。柳原くんを狙ってる女の子は多いから、誰かに取られないように頑張らないと」

「あの、はい……そうですよね。頑張ります」

「矢吹さん可愛いし、大丈夫だって。話聞いたからにはあたしたちも応援するから……ほら、食べな食べな。お昼の休憩終わっちゃうよ」

「は、はいっ」

瞳子が手が止まっていた矢吹さんを促しつつ、また世間話を始めた。

私はというと、やましいところをなんとか隠し通せた安堵に胸を撫で下ろす。一方で、妙な焦燥感が湧き上がってくるのを感じていた。

――矢吹さんが、柳原を好き。

――柳原も、矢吹さんに興味を抱いているようだ。

ふたりが付き合っているかもしれないという可能性は考えていたから、それを知ってもどうってことないはずだった。

でも、仮定が現実になったかと思うと、どうにも落ち着かない。

別に柳原のことなんて何とも思っていないし、矢吹さんの邪魔をしたいわけでもない。

なのに、どうしてだろう？

矢吹さんと柳原が結ばれることが、少し怖いと思ってしまうのは——

瞳子と矢吹さんが楽しそうに柳原のことを話すのを、私は、無理やり作った笑顔で頷くのに精一杯だった。

7

その日の帰り、久々に飲みに行こうよという瞳子の誘いに応じた私は、会社の最寄り駅の西側に位置する駅ビルのカフェで、彼女の到着を待っていた。

何でも、明日の朝一までが提出期限の書類をまとめ忘れていたらしい。なので、先に駅のほうに行っていてほしいという連絡があったのだ。おっちょこちょいの彼女らしいといえばらしい。

そんなに時間はかからないはずだと言っていたので、溜《た》まっていた友人からのメッセージに返信をしながらカフェで待とうと思っていたけれど、

『ごめん！　あと三十分は掛かっちゃいそうだから、先にどこかお店入ってて！　今日は多めに出

すから、莉々の好きなところでいいよ！』

という、これまた彼女らしいメールが来た。

オーダーしたホットコーヒーも飲み終えてしまったし、メッセージにあった通り、先に場所を押さえておくことにする。

私は席を立ち、カフェを出た。

この街は駅の東側が歓楽街となっていて、飲み屋が集中している。

おじさんサラリーマンの行くような立ち飲み屋や、年季の入った焼き鳥屋といった飾らないお店が多いけれど、今私のいる駅ビルの周囲には、女性でも気軽に利用できるオシャレな場所も増えた。

そういえば、雰囲気のいいイタリアンができたって聞いたような。

あやふやな記憶を辿りつつ、駅ビルのエントランスを抜ける。すると。

「…………？」

見覚えのある後ろ姿がふたつ、視界に飛び込んでくる。

ほんの数メートル先。スーツ姿の男性と、ベージュのスプリングコートを羽織った小柄で華奢《きゃしゃ》な女性が、並んで歩いている。

艶《つや》やかな生地に、袖口にはリボンの飾りがついたコートは矢吹さんのものだ。そのコートが可愛いと瞳子がしきりにほめていたからよく覚えている。

そしてとなりの黒髪の男性は、柳原で間違いないだろう。後ろ姿からもふてぶてしさがよく伝わってくる。

ふたりはどうやら駅の東側に向かっているらしい。

昼間、恥ずかしそうに柳原への想いを打ち明けた矢吹さんの姿が、頭を過《よぎ》る。

今日は出張でもないし、ふたりが行動を共にするような仕事の予定はなかったはずだ。

それなのに一緒にいるということは……？

考えるより先に、私はふたりの後を追っていた。

尾行するなんて、決していいことではないのもわかっていた。でも、そのとき、彼らがどこへ向かうのか、どうしても知りたいと思ってしまったのだ。

そうすることで、柳原が矢吹さんをどう思っているのかを知る手がかりが得られるのではないか、と。

ふたりはゆっくりとした足取りで歩いていて、油断すると近付きすぎてしまう。

おそらく、矢吹さんのペースに合わせているのだろう。そういう親切なことを、私にもしてくれればいいのに、と心のなかで少しだけ悪態をつく。

駅を抜け、東側のエリアに入る。ふたりは仲良く話しているけれど、内容までは聞こえてこない。

ただ、一生懸命顔を上げて話す矢吹さんと、それを優しく見守るみたいに微笑む柳原の横顔が印象的だった。

付き合いたての恋人同士って、こんな感じだよなあ——なんて考える。

相手のことを想う気持ちや表情が滲《にじ》み出てしまうものなのだ。……縁遠い私は、そんな感情なんて忘れかけてしまっているけれど。

「あ……」

矢吹さんが、柳原の腕にそっと手を絡めた。

柳原は多少びっくりした様子で彼女を見下ろしたけれど、嫌がる素振りは見せなかった。

胸の奥がざわざわする。

ただの仕事仲間と、こんなふうに腕を組んだりはしないだろう。

矢吹さんが柳原を想っていることは、昼間に聞いた。絡めた腕を振り解《ほど》かないということは、おそらく柳原も……

考えれば考えるほど、胸のざわめきは増していく。

だからかどうか知らないけれど、目の前の光景を、現実のものとして捉えることができない。何かの間違いなのではないかという気持ちになってくる。

それにしても彼らはどこへ向かっているのだろうか。

東側には飲み屋がたくさんあるとはいえ、この大きな通りを過ぎてしまえば、先にはホテル街が広がるばかりだというのに――

そこまで思考してハッとする。

……ホテル？　いや、でも、まさか。

『わ、わたしが好きでも、柳原先輩がどう思ってくださってるかは、わかりませんから……』

こんなふうに気弱に話していたのはほんの何時間か前だ。

なのに、いきなりホテルへ、なんて――そんな唐突な展開はあり得るのだろうか？

いや。相手が柳原ならば十分にあり得る。自分自身がその証人であることを、私はすっかり忘れていた。

彼は、付き合ってもいなければ好きですらない私と、セックスができる男じゃないか。

しかも、自分のプライドのために私を振り向かせるみたいなことを言い出し、リフレのたびに私を辱《はずかし》める。

自分に好意を寄せてくる女性とそういう行為に至っても、何ら不思議はない。ましてや、柳原自身も彼女に好意を抱いているなら、なおさらだ。

もう追いたくないと思うのに、足は私の意思に反して、ふたりを追いかけてしまう。

飲み屋街を抜けたあたりから通り過ぎる人々の姿が急激に減り、彼らはホテル街に到着した。その入り口付近にある、小ぎれいな新しいラブホテルの前で、矢吹さんが足を止めた。

それに気づいた柳原も立ち止まり、ふたりが向き合う。

私は自分の存在に気づかれないように、慌てて電信柱の陰に身を寄せた。そこから、再びふたりのやりとりを見守る。

離れた位置からでは、やはり交わす言葉は聞き取ることができない。

けれど、決して嫌な雰囲気ではなかった。むしろ、その逆だ。

私の位置からは矢吹さんの顔は窺《うかが》えないものの、柳原は穏やかに笑っていて、温かな感情の行き来が感じられる。

その表情に釘付けになっていると、柳原は矢吹さんが絡めていた腕をそっと解《ほど》いた。

そしてその手で、矢吹さんの頭をぽんぽんと優しく撫でた。まるで、「好きだよ」「可愛いね」なんて気持ちを表現するみたいに。

私は確信した。矢吹さんは、柳原にとって大切な女性なんだ、と。

——だって、あんな柳原、私は見たことがない。

私には見せない、優しくて温かい表情が、頭に焼き付いて離れない。

そう思ったら、もうこれ以上ふたりの姿を見ていられなかった。私は踵《きびす》を返し、駅のほうへ静かに引き返す。

歩きながら、いろんな思いで頭がいっぱいになった。

柳原も矢吹さんのこと、好きだったんだな、とか。

だとしたらいつから彼女を想っていたんだろう、とか。

リフレの頻度が減ったのは、彼女に対する気持ちが膨らんでいったからなのだろうか、とか。

それらが頭のなかをメリーゴーラウンドみたいに巡るうちに、腹立たしくなってくる。

やっぱり私はからかわれていただけなんだ。

別に、柳原が私のことを好きだったのかも——なんて、瞳子みたいな勘違いはしていないつもりだ。

でも、心のなかに別の女性がいたのに私にちょっかいを出していたのなら大問題だ。

この二か月の間、彼をいいヤツなのかもしれないと少しでも思ってしまった自分を殴りたくなる。

そして、そんなヤツとの時間を、心のどこかで楽しみにしていたことも……

ちょうど駅まで戻ってきたとき、携帯が鳴った。瞳子からの電話だ。

「もしもし」

「あっ、もしもし莉々？　ごめんねー、もうすぐ改札なんだけど、お店どこにした？」

「あ……ごめん、忘れてた」

そうだった。今夜のお店を決めるためにカフェを出たはずだったのに。

「あはは、忘れてたってどういうこと？　ってか、莉々、テンション低くない、怒ってる？」

最初は笑い交じりだった瞳子の声が、言葉の最後で少し怯えた調子に変わる。どうやら、遅くなったことで私の気分を害したと思っているらしい。

「ううん、そんなことないよ。ごめん、私も今ちょうど駅にいるから、一緒にお店探そう」

「わかったー。じゃあ今行くね」

瞳子との通話が切れたので、改札に向かい、彼女の到着を待つ。

夕食どきのこの場所は、人の往来がとても多い。それらをぼんやりと眺めながら、身体中の感覚が失われたような錯覚に陥《おちい》る。

視界に映る景色も、聞こえてくる雑踏も、全てが曖昧《あいまい》に感じられた。

改札の向こう側に瞳子を探しているはずなのに、まぶたの裏にチラつくのは、ラブホテルの前で見つめ合う柳原と矢吹さんの姿。

……心がぎゅうっと締め付けられる気持ちになるのは、どうしてなんだろう？

◇
◆
◇

ラブホテル街での一件は、私の心に大きな影響を与えていた。

「莉々、工場からサンプル届いたよ」

「…………」

「莉々、莉々ってば」

「あっ、ごめん」

トントン、と肩を叩かれて、椅子に座ったまま振り返る。

と、何やら梱包された箱を片手に抱えた瞳子が、呆れた顔をしていた。

「何ぼーっとしてるの。最近、また眠れてないんじゃない？」

彼女はふうっとため息を吐いてから、私のデスクの上に「はい」とその箱を置いてくれる。

「あ……ごめん、そうなのかな」

「まあ、忙しいのはわかるけどさ。一時期はちゃんと寝れてたんでしょ？」

「うん……」

柳原にリフレをやってもらってしばらくの間は、寝つきも改善していた。でも——

「調子良さそうに見えて安心してたんだけど、やっぱ『ディアマント』の発売日が近づいてきてるから、神経にキてるのかな。あんま無理しないでね」

「ありがと」

このプロジェクトが始まってから、ずっと私の体調を気遣ってくれる瞳子。

彼女の優しさに感謝の言葉を述べつつ、それではない出来事に揺さぶられている情けなさでいっぱいになる。

意気込んで始めたプロジェクトリーダーの任務よりも、私の思考の多くを占めているものが別にあるなんて、彼女にも他のメンバーにも、そして会社にも申し訳ない気持ちだ。

今は『ディアマント』の商品開発も最終段階に突入している。サンプルの出来を確認し、仕様が決定し次第生産に入り、発売という流れになる。言うまでもなく大事な時期だ。

今瞳子から受け取ったこの箱の中身は、『ディアマント』のサンプルだ。化粧水や乳液、美容液、保湿クリームなどの基本アイテムから、アイクリーム、美白クリーム、リフトアップクリーム、マッサージクリームまで、エイジングケアならではのアイテムの試作品が一通り詰まっている。

一度改善点を抽出したあと再度上がってきたものなので、何か想定外の問題がなければ、このまま生産を開始することになるだろう。

ところが――今も私の脳裏にチラついているのは全く別のことだったりする。

「ぼんやりしてんなよ」

わざわざデスクの前までやってきて、ドヤ顔で嫌味《いやみ》を言う男なんてひとりしかいない。

……悩みの種、柳原だ。そして。

「あの、柳原先輩。そろそろ時間なので行きましょう」

腕時計で時間を確認した矢吹さんが、後ろから彼にそう呼びかける。

「ああ、そうだった」

「……あ、ごめんなさい、お話し中でしたか？」

彼女が、私と柳原との間に割って入ってしまったかとすまなそうな表情を浮かべる。だけど私も彼も首を横に振って「いや」と答える。

「昼寝にはまだ早い時間だから、シャキッとしろよな。プロジェクトリーダー」

「わかってるってば、余計なお世話」

いつものように軽口を交わすと、柳原は矢吹さんと出ていった。

相変わらず、柳原と矢吹さんはふたりの仕事が多い。

今日もどこかの販売店へ挨拶《あいさつ》に行くんだとか言っていた。

ふたりの姿が完全に見えなくなると、私は「はぁ……」と重苦しいため息を吐いた。

ため息は『ディアマント』のリーダーになったあたりから回数が増えたと言われている。

けれど、これは仕事のストレスとは別のものだ。

デスクの傍《かたわ》らに置いていたスマホが光っている。メッセージを受信したからだろう。

手に取って内容を確認すると、たった今別れたばかりの柳原だった。

『夕方に直帰するから、家で待ってる。仕事が終わったら来て』

今日はリフレの日だ。前回からちょうど一週間。なかなかいいペースだと思う。

二週間以上空いたこともあったけれど、私はこの時を心待ちにしていた。

疲れを取りたいという当初の目的は二の次、どうしても確かめたいことがあったのだ。

それは、彼と矢吹さんの関係についてだ。

矢吹さんから、柳原を好きだと聞いたその日の夜、私はふたりがラブホテルに入っていこうとする現場を目撃してしまった。

ふたりはやっぱり、付き合っているのだろう。

なら柳原は、どんな気持ちで私にリフレをしたり、性的ないたずらをしてくるのか？

矢吹さんという人がいながら、私にちょっかいを出すだなんて、落ち込むというか……ムカつく。どこまで人をバカにしたら気が済むのか、と。

っていうかそもそも、柳原と矢吹さんが付き合おうが、結婚しようが、どうだっていい。お好きにどうぞという感じ。

……なのに、彼らのことを考えると、小さな部屋のなかに毒ガスが充満していくような、妙な気持ちになる。

最近の私は、変だ。

私は、自分の感情をちゃんと管理できる性格だと考えていたけれど、そうじゃないみたいだった。

自分の感情に疑問を持つなんて初めてで、どうしていいのかわからない。

百歩譲って、柳原はムカつく同僚だから、まあマイナスな感情を抱いてもおかしくはない。

でも矢吹さんには嫌悪感《けんおかん》を持ってないし、むしろ同じプロジェクトで協力し合う仲間だ。

『ディアマント』と並行して新しい営業の仕事にも精を出す彼女を応援する気持ちはあれど、悪いようには思わない。

なのにどうしてだろう。どうしてふたりを見ていると、こんな気持ちになってしまうのだろうか？

出口の見えない迷路のような思考を巡らせつつ、私は手早く返信した。

『わかった。会社を出たら直接柳原の家に向かうね』

柳原と矢吹さんの関係次第では、こんな不適切な関係は一刻も早く終わらせなければいけないのはわかっている。本来なら、もう柳原とは社外で会うべきじゃない。

けど、会社でこんなことを訊《き》くわけにもいかないし、邪魔が入らず、かつ柳原に警戒されずに本音で話をするには、習慣になっているリフレのなかで訊くより他はないだろう。

どちらにしろ、柳原の気まぐれは『ディアマント』のプロジェクトが一段落するまでという約束だったし、切り出すにはちょうどいいタイミングなのだ。

「…………」

後ろ髪を引かれる気持ちになるのは、リフレを受けてリフレッシュできなくなるからで、別に、柳原とふたりきりで会えなくなるからじゃない。そんなのわかっていることだし、納得している。

納得しているはずなのに――

私は落ち着かない気持ちで、終業時間が訪れるのを待った。

インターホンを押すと、柳原は既に部屋着に着替えていた。

「入って」

「お邪魔します」

私が小さく頭を下げてからそう言うと、

「本当、いつまでたっても他人行儀だよな」

とか言いながら、くっくっと笑い声をもらしている。

柳原のヤツ、こないだも同じことで笑ってたっけ。

よその家に上がるときの礼儀だし、枕詞《まくらことば》みたいなものなんだから、そんなに面白がらなくたっていいのに。

「まあ他人だからね」

パンプスを脱ぎながら冷たく言ってやった。

「そういう言い方されると寂しいなー」

「あっそ」

ふざけた声だったので、適当にあしらう。……絶対に思ってないくせに。

「っていうか、他人じゃできないようなこと、してるんだけどね」

短い廊下を抜けて部屋に続く扉を開けながら、彼がどんな感情ともつかない声でぽつりと呟いた。

……他人じゃできないようなこと。そのワードにドキッとする。

柳原の背中を追いつつ、何か返事をしなければいけないかと、ぐるぐる考えてしまう。

「――コーヒー淹《い》れてくるから、その間に荷物置いて楽にしといて。いつも通り、落ち着いたらリフレに入るからな」

「う、うん」

彼は毎回、リフレ前にはコーヒーを、リフレ後にはハーブティーを淹れてくれる。

本当はコーヒーは身体を冷やす作用があるから、施術の前後には望ましくないらしいのだけれど、普段職場などで私が愛飲しているのを知っていて、気分が解《ほぐ》れると思ったようだ。

……他人のことによく気が付くんだよな。

そういう部分が、矢吹さんの心も動かしたのだろうか。

まだ口にしていないはずのコーヒーの苦みが、口内に広がったような気がした。

柳原の持ってきてくれたコーヒーを飲んでから、バスルームでストッキングを脱いで。それが済んだら、このカウチの背に凭《もた》れて――

施術の流れを思い出しながら、私は柳原がマグを持って来るのを待った。


最初のうちは、圧をかける場所によって少し強いとか弱いとか、思うことが多少はあった。けれど、回数を重ねるうち、彼はどの部位でも私がちょうどいい加減で押してくれるようになった。

さすがは元プロ。人格は破綻しているものの、技術は本当に確かなものを持っていると感心した。

ふくらはぎに触れた手を、足首から膝の方向へと絞るように動かされると、温かい温泉に浸《つ》かったときのような声がもれそうになった。それくらい、気持ちいい。

肉体的にはこれ以上ないくらい満足しているのに、精神的なコンディションは最悪だった。

柳原は、私のことを実験台だと言っていた。

じゃあ、矢吹さんはどうだろうか？　あれだけ仲がいいのなら、矢吹さんにもリフレをしたことはないのだろうか？

もしかしたら既に受けたことがあるのかもしれない。今私が座っているのと同じこの場所で、同じメニューを。

……ひょっとしたら、リフレのあとのいたずらだって。

「……リフレのほうは終わりだよ。園田」

毎回きっちり同じ、一時間の施術を終えた柳原が、耳元で優しく囁《ささや》く。

「今日も寝たふり？　……たまには積極的に楽しんでくれてもいいのに」

リフレによって血行がよくなり、温まった足裏からするりと膝頭《ひざがしら》まで撫でられる。

施術のときの手つきではない、いやらしさが勝ったその所作に、小さく吐息が零れた。

……けど今日は。今日だけは負けるわけにはいかない。

私にはハッキリさせなければいけないことがあるのだから。

ひざ掛け代わりに置いたバスタオルの端から、いつものように柳原の手が差し込まれ、太腿を撫で上げる。

「本当は園田だって気持ちいいって思ってるくせに」

「っ……」

早く本題を切り出さないといけない。

矢吹さんとの関係を聞いて、こんなことするなんて彼女に対する裏切りだし、私に対しても酷《ひど》い仕打ちであることを伝えなきゃいけない。

けれど、きっかけになる言葉が喉《のど》につっかえ、なかなか出てこなかった。

ぐずぐずしているうちに、柳原の指は私の下着のクロッチの部分に到達してしまっている。

「お前さあ、本当は俺にこういうことされるの、期待してここに来てるんじゃないの？」

人差し指の腹でクロッチの窪《くぼ》みをつんつんと突く。

「まるでパブロフの犬だよな。リフレ受けるとこっちも気持ちよくなれるって、身体が覚えてるから濡れてるんだろ？」

「…………」

否定したい気持ちはあるけど言い返せない。私の下着が濡れてしまっているのは事実だからだ。決して期待してなんていないけれど、彼のリフレを受けることで、その先にある快楽をも勝手に想像し、反応してしまっている。

私はいつからこんなにはしたない女になってしまったのだろうか。

売り言葉に買い言葉とはいえ、天敵である同僚とセックスしてしまったあげく、リフレという大義名分のもと、わざわざ自分からいたずらをされに来るだなんて。

――こんなこと、やめなきゃいけない。ずるずると続けていてはダメなんだ。

柳原には決まった相手がいるんだから……！

私はクロッチに触れる柳原の手を、タオルの上から掴んで愛撫を拒んだ。

「寝たふりはいいのか？」

「……もうやめて、こんなこと」

あえて目は閉じたまま絞り出した声は、掠れていた。今まで、まるで施術の一部のように続けられていた習慣にストップを掛けるのは、想像よりも勇気のいることだった。

心臓が、愛撫されているときとは違う、焦りにも似たドキドキという音を立てる。

「やめて困るのはお前のほうだろ」

「……そんなことないっ」

全身がかあっと熱くなる。

いつも耐え切れずに達してしまう私だ。そう思われていても仕方がないけれど、恥ずかしかった。

「何で？　どうしてそんなこと言い出すんだ？」

「……こんなこと、よくないよ。普通じゃないもの」

「理由になってない」

下肢に触れていた手の感触が消える。そのすぐ後に、何か温かいものが頬に触れた。柳原の手のひらだ。

反射的に目を開けると、ヤツが射抜くような瞳で私を見下ろしている。

「ちゃんと答えろ。園田、どうして急にそんなこと言い出したんだ？」

「……私が悪いみたいな言い方しないでよ」

その目が私を責めているようで、私はつい反発する。

「悪いのは柳原のほうじゃない」

「俺が？」

「そうだよ」

私が頷くと、彼は少しムッとした表情になる。

「お互いに同意の上で始めたことだろ。お前は、俺のことなんて絶対に好きにならないと言い切った。でも俺は、それを覆《くつがえ》してやるって言ったんだ」

「そうじゃない」

私は首を横に振った。そういうことを言いたいんじゃない。

「確かに、私も納得したうえでこんな関係になっちゃってるけどっ……でも、そもそも『ディアマント』のプロジェクトが落ち着くまでって話だったし、柳原に特定の相手がいるなんて知らなかったから引き受けたんだよ」

「特定の相手……？」

「矢吹さんがいるのがわかってて、こんなこと続けられない。そうでしょう？」

訝《いぶか》しげに訊《たず》ねる柳原に、彼女の名前を告げる。

……こんなことを言わせないでほしいのに。

すると、柳原はなぜか薄く笑みを浮かべた。

「へえ、お前、それをダシにして逃げる気なんだろ」

「え？」

「俺に惚れそうかもって思ったから、適当な理由付けて、この話をなかったことにしようとしてるんだ。違うか？」

「……何言ってるの」

「なら素直に負けを認めろよ。俺のこと好きなら、それでいいじゃん」

頭がくらくらする。

この期に及んで、何を言っているんだ、コイツは。ちっともわからない。

「矢吹さんの立場はどうなるの？」

「そんなのお前に関係ないだろ」

柳原は、私がふたりの関係に気づいていると知っている。

知っていてなお、私とのこんな不毛な関係も続けようとしているんだ。

お腹の底から、マグマのような熱がせり上がってくる。

「関係あるよ!!」

前のめりになりながら、声を張り上げて叫んだ。

柳原にとって私の反応は予想外だったのだろう。彼は怯《ひる》んだように、身体を引いた。

「関係ないなんて、冗談じゃない！　どこまで他人のことをバカにしたら気が済むの!?」

怒りで身体が震える。私は怒りに任せて続けた。

「柳原、最低だよ。自分が何を言ってるのかわかってる？」

そこまで言って、私はあえて言葉を止めた。大きく深呼吸をする。

今まで悶々と溜《た》めこんできた本心を吐き出すのが怖いと思った。

何が怖いのか、具体的なことはわからなかったけど――口に出してしまったら、今まで必死に目を背《そむ》けてきたものを直視しなければいけない気がして。

「……この際、私のことはいいよ。私にはなに言ってもいいって思われてるのはわかってる。だから今さらどんなことされたって、柳原に対する悪感情は変わらない」

驚きに染まっていた柳原の瞳が、一瞬傷ついたみたいに揺れる。

だけど、間違ったことを言っているつもりはない。私は、自分を奮い立たせるために、ひざ掛けのタオルを両手でぎゅっと握った。

「でも矢吹さんを巻き込むのは許せない。隠れて私とこんなことをしてるなんて知ったら、彼女、すごく傷つくに決まってる。それくらい、言われなくたってわかるでしょ⁉」

柳原にそう言い聞かせながら、胸がチクリと痛んだ。

けれど私は、その痛みに気づかないふりをして、毅然《きぜん》と言い放った。

「こんなこと、もうやめよう。意味がないよ。私が柳原を好きになることはないし、そうなったら困るのはそっちでしょ？」

「俺が、何を困るって言うんだよ」

ようやく柳原が口を開くけれど、飛び出た言葉は私を深く落胆させるものだった。

……そこまで説明しないとわからないっていうんだろうか。

柳原には矢吹さんがいるのに。たとえ彼の思う通りに私が柳原を好きになったとしても、そんなの——私が惨《みじ》めな思いをするだけじゃない！

「……もういい。話にならない」

「おい」

タオルを払いのけて立ち上がると、私はスプリングコートを羽織り、トートバッグを持って玄関に続く扉を乱暴に開けた。

「待てよ」

オイルが完全に拭い切れていない足でパンプスを履くと、少しベタベタした感触がする。

柳原が私の右肩を掴んで引き留めようとするけれど、私はその手を思いっきり振り払った。

そのまま内鍵の錠を解き、扉を開けたところで振り返る。

「待たない。もう柳原と話すことなんて何もない！」

捨て台詞《ぜりふ》を吐いた私は、駆け足でエレベーターホールへ向かった。

たまたま運よく九階に止まっていたエレベーターに乗り込むと、急いで閉ボタンを押した。扉が閉まり、ゆっくりと下降していく。

途中から、チクチクと刺すように生じた胸の痛みが増している。そっと左胸に手を当てた。

痛みの理由はわかっている。彼にひとつ大きな嘘を吐いたからだ。

私は、矢吹さんを巻き込むのは許せない——なんて見栄を切ったけれど、本当はそうじゃない。

悔しかったのだ。矢吹さんと天秤《てんびん》にかけられて、私が負けたという事実が。

私を振り向かせるだなんてわけのわからないゲームを勝手に始めたくせに。そのなかで、思わせぶりな優しさを振りまいたくせに。

その陰で、本当は矢吹さんに惹《ひ》かれていたなんてあんまりだ。

リフレの時間が待ち遠しく感じていたのは、私だけなんだろうか？

全てが終わったあと、優しく触れる彼の唇の感触が心地いいと思っていたのは……私だけ、だったんだろうか？

あの部屋で過ごした時間を振り返ると、悔しいし、腹立たしいし——悲しい。

不意に緩む涙腺。思わず涙が零れ落ちないように、ぐっと唇を噛んで堪《こら》える。

気づいたら、柳原の予言通りになっていた。

私、柳原のこと好きになりかけていた——ううん、もう好きになってたんだと思う。

——柳原の手のひらの温もりを感じて眠りについたあの日から、ずっと。

だけど認めたくなかった。

私にとって柳原は天敵だ。周囲にもそう言い続けて来たし、誰に何を言われても彼を好きにならない自信があったのは本当だ。

でも……柳原のリフレを受けて、心も身体もリラックスすることができた。会社で私に見せる顔とは違う、優しい一面に触れ、彼に対する気持ちが変わっていた。

彼の気持ちが矢吹さんに向いていたなんて、思ってもみなかったけれど——

エレベーターがロビーに到着する。エントランスの自動ドアを抜けると、春にしては冷たい夜風が素足を撫でた。

立ち止まって明かりの点々と点《つ》く建物を振り返る。

このマンションを訪れるのは、今日が最後になるだろう。

もう、私たちの秘密の時間は終わったのだ。柳原とふたりで会うことは二度とない。

私は逃げるようにその場を立ち去った。駅までの道のりは、行きよりも長く感じた。

8

「莉々、マスクなんてしてどうしたの。風邪？」

「う、うん。そうなの」

出社一番、となりのデスクの瞳子に訊《たず》ねられて頷く。

鼻から下をすっぽりと覆うこの使い捨てマスクは、やはり存在感があるらしい。

朝、寒気がすると訴える私に、母親が「酷《ひど》くならないように着けていきなさい」と渡してくれたものだ。どうやら風邪を引いたと思っているみたいだった。

たかがストッキング一枚だけれど、履いているのといないのではかなり違う。

昨日、柳原のマンションからの帰り、履きなおすタイミングを失ってしまった私は、結局そのまま帰宅したのだ。それがまずかった。

「これから『ディアマント』の発注ってときに～。ホッとして気が緩んだのかな」

「かもしれない」

「もー。しっかりしてよ」

呆れた声を出す瞳子だけれど、そのあと、

「調子悪くなったら無理しないんだよ。あと、薬はちゃんと飲んでね」

と、すかさず優しい言葉をかけてくれる。私は「ありがとう」とお礼を言った。

このあと、昨日届いたサンプルをプロジェクトメンバー全員でチェックして、生産の発注をかけることになる。

できれば届いた昨日のうちに確かめたかったのだけれど、メンバーのひとりである矢吹さんが柳原と挨拶《あいさつ》に出かけてしまったので、今日にずれこんだのだ。

とはいえ、これでGOサインが出せるだろうというレベルだったので、そのチェックも形だけのものになるだろう。

最初はどうなることかと思ったけれど、なんとかここまで漕ぎ着けることができた。あとは商品が無事に売れるように祈るしかない。

「…………」

『ディアマント』のプロジェクトリーダーになって二か月――いや、企画書を練っていた段階を含めれば倍以上か。

あっという間だったような気もするし、かなり長いことこのプロジェクトに携わっていたようにも思える。私なりに精一杯やったつもりだ。

「園田」

慣れないリーダーとして奮闘した日々に想いを馳《は》せる。すると、頭上から不機嫌な声が降ってきた。

顔を上げると、そこには声色に負けず劣らずの不機嫌な表情を浮かべた柳原が、睨むように私を見下ろしていた。

「話があるんだけど」

「ごめん、朝一で会議だから」

私はなるべく柳原の顔を見ないようにして答える。

「時間は取らせない」

「会議だから。またにして」

強い口調で言い切り、食い下がる柳原を突き放す。

なるべく感情が出ないように気を付けたつもりだけれど、となりの席の瞳子がこちらを気にする素振りが感じられた。

「……わかった」

私の鋼《はがね》のような意思が伝わったのだろう。柳原はふうっと疲れたみたいなため息を吐くと、それ以上は何も言わず、自分のデスクに戻っていく。

「ねえ、莉々、風邪ひいてるからってカリカリするのよくないよ」

それを見届けてから、瞳子がキャスターつきの椅子に座ったまま、私のそばに寄って耳打ちしてきた。

「あれじゃ柳原くん可哀想じゃん」

「そうかな」

「そうだよ。今の言い方、結構キツかったよ」

やっぱり瞳子はこちらの様子を窺《うかが》っていたらしい。

「どうせ大した用事じゃないだろうし。私のほうがいつもキツく当たられてるんだから、あれくらい言ったって構わないでしょ」

涼しい顔で言ってのけると、瞳子は「ふーん」なんて呟いてから、また座ったまま自分のデスクに帰っていく。

帰宅した後、柳原からのメッセージや着信がいくつも入っていたけれど、私はそれを全て無視した。

もう彼とかかわってはいけない、かかわるべきではないと思ったからだ。柳原のことを好きになってしまったと自覚した以上、こんな不毛な想いはすぐに断ち切らなければいけない。

とはいえ、いくら彼からの連絡を無視し続けても、同じ職場に勤めているので、顔を合わせるのは避けられない。

応答しない私に、柳原がこうやって接触してくるだろうことは容易に想像がついたけれど、そういう意味では周囲の目というものに非常に助けられた。

私と柳原の秘密の関係を知っている人間は、誰ひとりいない。

ゆえに、柳原は、職場の人間の前ではただの同僚を演じるしかないのだ。

……私のほうも、彼にどんなふうに接したらいいのか考えてしまうし、知らん顔をしていられるのならそれに越したことはない。

「瞳子、そろそろ会議室いこ」

「え、もう？」

瞳子に呼びかけながら立ち上がると、彼女は腕時計を見て訊《たず》ねる。

まだ早いと言いたいのだろう。確かに、まだ始業時間前だ。

だけど私は、柳原と同じ空間にいるのが耐えられなかった。同じ建物のなかにいることが避けられないのなら、せめて少しでも離れた場所にいたい。

「早めに行って準備しておこう。これみんなに配る資料なんだけど、運ぶの手伝ってくれる？」

私は自分のデスクの脇に積んでいた紙の束を示した。

Ａ４サイズの紙が三枚一組にホチキスで留められた、サンプルの改良点をまとめた資料だ。かさばるものではないけれど、私自身はサンプルの入った箱を運ぶので、彼女にお願いしてみる。

「うん、それはいいけど」

「助かる」

私は会議に使用する書類の上にサンプルの箱を重ねて抱えると、会議室に向かって歩き出す。

瞳子も人数分の資料を手持ちの書類の上に重ね、私のあとをついてくる。

……これでいいんだ。

こうやって距離を保っていれば、そのうち柳原も諦めてくれる。

柳原にとって私は、ただ気が向いたときに遊べる女という位置づけに過ぎなかったのだろう。

こんな状態のまま彼と自宅で会う関係を続けていても、残るのは空《むな》しさだけだ。

それに——柳原には矢吹さんがいる。

彼が矢吹さんに向けていた微笑みを思い出して、また胸に刺すような痛みが走る。

あんな顔、私にはしてくれない。あれは好きな人にだけ向ける特別な表情だ。

私が問い詰めたときも否定しなかったし、矢吹さんは柳原にとって大切な人で間違いないだろう。

愛し合うふたりの仲を壊す邪魔者になるつもりはこれっぽっちもない。そもそも柳原の気持ちは矢吹さんにあるのだから、私の存在なんて問題にもならないはず。

柳原が私に執着しているのは、オチると思っていた女が陥落直前になって試合放棄したからだ。逃げたから追った。ただそれだけ。

少し時間が経って頭を冷やせば、何をそんなにむきになっていたのだろうと彼も目が覚めるはず。

だからそれまでの我慢だ。それまでやり過ごせば、私はこの恋を終わりにすることができる。

……柳原への気持ちを、捨て去ってしまうことができる。

◇◆◇

昼休みの社員食堂は、いつもの如《ごと》く賑《にぎ》わっている。

「莉々ー、ほーんとブレないよね」

瞳子が自分の席にお盆を置きながら、私のお弁当箱をしげしげと見やる。

「毎日自分で作って来るなんて、本当感心するわ。働く女のカガミだね」

「習慣になっちゃったからね。毎日同じことしてるだけだし――いただきます」

両手を合わせてそう言うと、マイ箸《はし》とお椀を手に取り、まずはお味噌汁を頂く。

「習慣とはいえ、仕事が立て込んでるときとかは大変でしょ。……でもま、莉々は基本的に要領いいもんね。あたしも見習おうかなー」

実践する気なんてなさそうに言う瞳子に笑いながら応じ、うっかりすると火傷《やけど》しそうに熱い汁を慎重に啜《すす》った。

社会人としての生活を何年も続けていると、暮らしのなかに一定のリズムが出来上がってくる。私にとってお弁当作りというのはそのなかに含まれていて、日々のルーチンワークの一部といえる。目覚ましに合わせて起床すれば、難なくこなせるのだ。

「……あのさ。気になってたから訊《き》くんだけど」

少々重いトーンで瞳子が切り出した。彼女がこんなに遠慮がちなのも珍しい。

「何？」

「柳原くんと、何かあった？」

声を潜《ひそ》めたのは、そう訊《たず》ねつつも確証を抱いているからだろう。

「見てればわかるよ。最近、全然話してるところ見かけないじゃない。前はしょっちゅう漫才してたくせに」

いつも私のそばにいる瞳子にはお見通しだったようだ。

粉チーズをたっぷりかけたミートソースに手も付けずに、彼女が続ける。

「こんなの、入社以来初めてじゃない？　――あ」

ふと。瞳子がお盆を抱えて食堂内を歩く人影のひとつに目を留め、小さく叫んだ。

「噂をすれば、か」

瞳子の視線の先には、たった今話題に上がっていた柳原の姿があった。

彼女の声に気づいてか、はたまた視線を感じたからか。柳原は顔を上げ、こちらを向いたけれど、私と瞳子の存在に気が付くと、ふいっと目を逸らしてしまった。

「……ねえ、何かあったんでしょ？」

「別に何もないよ」

私は薄く笑って首を横に振った。

「嘘。じゃなきゃあんな露骨にスルーしたりしないって」

柳原を無視し始めて二週間。私たちの関係は、引き続き隠し通せていると思う。

私の思惑通り、徹底した無視を決め込むうちに、彼のほうから接触をはかってくることはなくなった。

彼も冷静になって、私に対する執着が何も生まないと気づいたのだろう。

それでいい。それが彼のためであり、矢吹さんのためであり、私のためでもあるのだから。

とはいえ、信頼する瞳子にだけは全てぶちまけてしまいたい気持ちもゼロじゃなかった。自分のなかに押し留めた苦しみや悲しみを、誰かに知っていてほしい、と。

けれど、この二週間の辛い時間を私はどうにか自力で乗り切ったし、所詮は終わったこと。私たちの関係はほめられたものではなかったし、軽蔑されるかもしれないものだ。誰にも知られずに蓋《ふた》をしておけるならそのほうがいいに決まっている。

「――まあ、莉々が言いたくないって言うなら、無理に訊《き》いたりはしないけどさ」

私の意思を汲んでくれたのか、瞳子はそこで追及を止めた。

「……ただ、ふたりの掛け合いがもう聞けなくなると思うと、ちょっと寂しいかなあ」

ミートソースの絡んだパスタをフォークに巻きながら、ぽつりと呟く彼女の言葉が痛い。私も同じことを考えていたからだ。

柳原を避け、言葉を交わさなくなってから、妙な物足りなさを覚えていた。

もっとわかりやすく表現すれば、それは寂しさだ。それまであったものを急になくしてしまったみたいな頼りない気持ちに襲われている。

きっと私にとって、柳原とのくだらないやり取りは、いつのまにか生活の一部に組み込まれていたのだろう。……朝、自分のお弁当を作るのと同じように。

大切なものは失くして気づくものだと言うけれど、その言葉をこんなにも痛感したのは初めてだ。

そう考えると、自分の心から目を背《そむ》けていただけで、本当はずっと前から柳原のことを異性として意識していたのかもしれない。

柳原に挑まれたこの勝負は、最初から私の負けが決まっていたってことだ。……何だかなあ。

「それはそうと、『ディアマント』のほうも生産発注かけたし、いよいよ発売に向けてカウントダウンだね」

「うん」

私は大きく頷いた。

全員でのチェックも無事に済み、現在自社工場では『ディアマント』の生産が行われている。そうして出来上がった商品を販売店に置くのは、主に営業部の仕事だ。

「今回の売り上げがよければ、次の企画も任せてもらえたりして」

「だといいんだけど」

『化粧品を作る』という長年の夢を叶え、本当なら喜びと達成感を覚えつつ、売り上げへの不安で頭をいっぱいにしていなければならないはずなのに。

私は仕事に集中することができず、気が付けば柳原や矢吹さんのことばかり考えてしまっている。しっかりしなきゃ。見事に柳原にオトされてしまった私だけど、企画書の一騎打ちでは彼に勝つことができたじゃないか。

これからは、仕事のことだけ考えよう。……余計なことは考えず、仕事のことだけ。

「……じゃ、あたしはお先に」

食事を終えた瞳子は、お盆を抱えて立ち上がった。言葉のイントネーションがどことなくメロディを奏でるようだ。

「また電話?」

「そ。午後の仕事に向けて、元気をチャージしてくる」

片手にお盆を抱えつつ、もう片方の手で握ったスマホに頬ずりする瞳子。

何でも、数日前に開かれた友人との飲み会で出会った男性と意気投合し、いい感じになっているんだとか。

そういうわけで、私と同じように何年も彼氏ができなかった彼女は、恋愛モードに突入してしまった。本人いわく、今は最高に楽しい片想い期間を満喫中らしい。

昨日の昼休憩も、さっさと食事を済ませると午後の始業時間ぎりぎりまで話しこんでいたっけ。

「うん、楽しんできてね」

「ごめんねー、莉々。今度の寿退社《ことぶき》はもしかしたらあたしかも~」

「はいはい、そうなるといいね」

ルンルンと周囲にハートマークを飛ばす勢いで食器の返却口に向かう瞳子を見送ってから、私も席を立った。

寿退社かあ。私や瞳子の年齢であれば、いつそうなってもおかしくはない。

私たちだけじゃなく……矢吹さんだって。柳原との仲が深まれば、いつでも機会はあるのだろう。

柳原は次期社長だから、矢吹さんは次期社長夫人だ。私はふたりが寄り添う姿をどんな気持ちで眺めることになるんだろう。

っていうか、柳原が社長になるころ、私はまだこの会社で働いているのだろうか?

……さすがにそれくらいまでには寿退社していたいものだ。いや、仕事を続ける意思はあるから、退社はしないまでも結婚くらいはしていたい。

——って、いけないいけない。またあのふたりのことを考えてしまっていた。

柳原も矢吹さんも、もう関係ないって思っているのに。そう思えば思うほど、ふたりの顔がチラついてしまう。困ったものだ。

お味噌汁のお椀を返却口に戻し、女子トイレに向かう。

個室に入り、用を済ませて出ようとしたところで、女子社員がふたり、何か熱心に話しながらトイレに入ってきた。

「ここなら話せるでしょ。詳しく教えてよ」

「……うん」

それが誰かすぐにわかった。猪野さんと矢吹さんだ。

ふたりは個室に入らず、鏡の並ぶ洗面台のところで立ち止まったようだ。メイクをなおすためなのか、会話のとおり外では口に出せない内容を話すためなのか、そこまではわからないけれど、とにかく彼女たちなのは間違いない。

「……七海ちゃん。わたし……」

「ゆっくりでいいから。ね？」

「……ありがとう」

何だか矢吹さんの様子がおかしい。今にも泣きそうな声で弱々しく縋《すが》る彼女を、猪野さんが優しく促しているようだ。

盗み聞きなんて趣味じゃないし、すぐにでもここから立ち去りたかったけれど、このタイミングで外に出るわけにはいかなかった。私は、自分の存在を悟られないよう、空気になることに徹した。

「……七海ちゃん、わたしね……やっぱりダメだった……」

「ダメだったって、何が？」

「断られちゃったの……」

「えっ⁉」

猪野さんの驚いた声が、狭い女子トイレの天井に反響する。

「七海ちゃんにアドバイスされた通りにね、勇気出して、その……ホ、ホテルに誘ってみたんだけどっ……わたしのこと、そういうふうには見れないって」

話していくうちに、矢吹さんはどんどん涙声になり、ところどころ嗚咽《おえつ》まじりになっていった。

「だって、向こうも麻衣香に興味持ってるんじゃなかったの？　よく食事に連れて行ってくれるって言ってたじゃない」

「……そう思ってたのは、わたしだけだったみたい。思い返してみれば、それって全部仕事帰りの話だし、お休みの日にわざわざ予定を空けてくれたことなんて……なかったもの」

「……そうなの」

「それからもう少しだけ頑張ってみたんだけど……今日、ついに決定的なことを言われちゃった。わたしはただの仕事仲間だって」

「……麻衣香」

矢吹さんがそうであるのと同じくらいに、猪野さんも落胆しているのがよく伝わってくる。

「ねえ、七海ちゃん……もしかしたら想いが叶うかもって期待しちゃった分、どうしたらいいのかわからないの。だってわたし、ずっと柳原先輩のことが好きだったから……」

幼い子供みたいにしゃくりあげて泣く矢吹さん。

彼女の口から直接柳原の名前が出たことで、ようやく話の全容が見えてきた。それと同時に、雷《かみなり》に打たれたような衝撃が身体を貫く。

断られたってどういうこと？

柳原と矢吹さんは相思相愛なんじゃないの？

「ごめんね、麻衣香。傍《はた》から見ればお似合いだなって思ったし、麻衣香は奥手なところがあるから、もったいないって思っちゃって……私、散々煽《あお》るようなこと言っちゃったかも。本当にごめん」

矢吹さんに行動を起こさせたのは猪野さんなのだろう。

ゆえに、猪野さんは責任を感じているみたいだった。矢吹さんを慰《なぐさ》める声が震えている。

「……ううん。七海ちゃんはぐずぐずしてるわたしの背中を押してくれたんだもん。だから、謝る必要なんて全然ないよ」

猪野さんのアドバイスは、矢吹さんを思ってのこと。それを、矢吹さんは理解しているようだった。彼女は猪野さんを責めることなく、優しくそう言った。

今すぐ扉を開けて事実を確かめたかったけど、その気持ちを抑えて、たった今聞いた事実を整理する。

ホテルに誘った――というのは、私が駅の近くで見かけたあの光景で間違いないのだろう。あのときの雰囲気では、そのままラブホテルのなかに入っていきそうな感じだったけど、そうではなかったらしい。

――柳原は矢吹さんの告白を拒んだのだ。

「麻衣香、アイライン剥《は》げちゃってる。そろそろ昼休み終わっちゃうから、早くなおさないと」

「うん……」

「ほら、涙拭いて。あんまり泣くと、みんなに心配かけちゃうよ」

「……そうだね。柳原先輩にも気を遣わせちゃう」

ふたりはそれから少しして、女子トイレを出て行った。

ひとりその場に残った私は、矢吹さんが泣きながら語った内容を反芻《はんすう》する。

柳原にとって、矢吹さんは大切な人なんじゃなかったの？

なら、どうして矢吹さんの告白を断ったりしたの？

……わけがわからない。好きな人からの告白を、拒んだりする理由なんてないのに。

頭のなかに疑問符が浮かぶ一方で、ふたりが付き合っていなかったと知り、うれしい気持ちが湧き上がってくる。

自分のなかでケリをつけたと思っていたけれど、やっぱりそんな簡単には忘れられていなかったみたいだ。

だからといって、私が柳原とっていう可能性があるわけじゃないのに――と、自嘲の笑いがもれる。

どうして柳原が矢吹さんの告白を受け入れなかったかはわからないけれど、矢吹さんと付き合っていなかったからといって、イコール私に気持ちがあるなんてことにはならないのだ。

『……もしかしたら想いが叶うかもって期待しちゃった分、どうしたらいいのかわからないの』

矢吹さんの言葉を教訓にしなければ。

あんなに仲良さそうにしていた彼女でさえ、報われなかったのだ。変に期待して傷つきたくない。

……今の話は、聞かなかったことにしよう。

少しずつ柳原の軽口がない生活にも慣れてきたところだ。せっかく塞《ふさ》がりかけた傷口を広げる必要はない。

無駄な希望を持たないためにも――柳原への気持ちは忘れるんだ。

すぐには無理でも、時が解決してくれる。

「――時間だ、行かなきゃ」

腕時計の文字盤に目を通す。もう午後一時、午後の業務時間だ。

私は個室の扉を開けると、その場に誰もいないことを確認してから、自分のデスクに戻った。

9

窓の外に目をやると、夜の帳《とばり》が降りていた。

終業時間はとうに過ぎた。けれど、何かひとつでもアイディアを出してからでなければ今日は帰らないと決めている。

『ディアマント』の発売日が迫るなか、今日私は富司さんから呼び出しを受けた。

何かミスでもやらかしたのかとヒヤヒヤしたけれど、その逆で、願ってもないうれしいニュースを聞かされたのだ。

まだ『ディアマント』の結果が出る前だというのに、秋口に発売するリップケア商品の企画を考えてみないかという話だった。

『ディアマント』のときと同様、いくつか候補を募ってコンペで決めるのかと思いきや、これは富司さんの担当案件らしく、私の責任で進めていいとのことだった。

動揺して言葉に詰まる私に、富司さんは今回のプロジェクトでの頑張りや成長を評価したのだと言ってくれた。

「早い話が、次も期待してますよってことだ」

そう笑いながら、ばしんと私の背中を叩く富司さん。

激励のつもりなのだろうけど、いささか強い力で叩かれたその場所はしばらくヒリヒリした。それでも、そんなの全く気にならないくらいうれしかった。

自分の仕事を認めてもらった上に、新しい仕事にも繋がった。

……柳原のことに気をとられている場合ではない。今は与えてもらったチャンスを無駄にせず、頑張る時期なのだと自分に言い聞かせる。

「それにしても、何にも浮かばない……」

オフィスに残っているのは私だけだ。

自分のデスクでパソコンのキーボードの上にいつでもタイプできるように両手を構えたものの、一向にその手が動かない。

富司さんから要求されたのは一点。他社のリップケア商品とは一線を画した企画であることだ。そうは言っても、リップケアの要点は保湿。どの会社も高保湿をリップケアのメインに据えている。

保湿以外に、一風変わった感を出すにはどうするか、なんて全然思いつかない。

「うーん……」

私の悪いくせで、頑張らなきゃと思えば思うほど空回りしてしまう。

ここ数日、仕事が終わってからこうしてアイディアを絞り出そうとしていたけれど、ただただ時間が過ぎていくだけだった。悩むだけ悩んでから終電間際に電車に飛び乗り、帰宅する日々。

さすがに今日はひとつくらい思いつかないと——なんて自分を追いつめていると、さらに空回ってしまう。

「はぁ……」

脱力して、キーボードの上に突っ伏す。

おそらくディスプレイには意味不明の文字列が打ち込まれただろうけれど、そんなの気にしない。

……こんなんで、新しい企画書なんてできるんだろうか。先に進む様子が、全く想像できない。

悩み過ぎて、また『ディアマント』のときみたいに眠れなくなりそうだ。

あの苦しい時期を救ってくれたのが、柳原のリフレだったんだっけ。

『お前、疲れてるんだよ。お前さえよければ、俺がお前の身体、楽にしてやってもいいぜ』

『園田がただ聞いてほしいって言うなら、そうする。だから、話してお前の気持ちが少しでも軽くなるなら……話してみれば？』

柳原の言葉や施術には、ずい分と助けられた。

ふくらはぎに、足首に、足裏に。

優しく触れる彼の手つきを思い出しながら、ぶんぶんと頭を振る。

だめ。もう柳原のことは忘れるって決めたじゃないか。

彼と過ごした時間を振り返っても仕方がないんだ。もう彼の助けを借りることはできないのだから、これからは自分ひとりの力で乗り越えなきゃ。

でも……頭も重ければ身体も重い。

脚のだるさを感じた私は、片方ずつ足首をくるくると回してみる。

やっぱり柳原の言う通り、定期的なケアって大切なんだなあと思う。ひと月やってないだけで、疲れが溜まってる気がする。

これはもう、いいお店を見つけて通うしかないんだろうか。

「……時間があるときにでも探してみよう」

「何を探すって?」

ひとりごとのつもりが、思わぬレスポンスにびっくりして、閉じていた目をぱちっと開けた。

そして、慌てて机に伏せていた上体を起こす。

「なっ……!?」

物思いにふけっていたからだろうか。いつの間にか誰かが私の横に立っていた。

オフィスの照明に翳《かげ》っても、見慣れた彼の顔はすぐにわかった。

「柳原……?」

どうしてここに——と私が発するより先に、

「何を探すんだよ」

なんて、涼しい顔で訊《たず》ねられる。

「何って……え、あ……お店」

「何の店?」

「リフレの……」

柳原は今日、小売店に挨拶《あいさつ》ののち直帰だったはず。行動予定表に記してあったから、間違いない。

なのになぜ、ここにいるんだろう。

このひと月、柳原と遭遇するかもしれないという場所では常に気を張っていた。

彼がいつ、どんなタイミングで私に話しかけてきてもかわすことができるように、心に盾《たて》を構えて生活していたのだ。

だから完全に油断していた——盾を放り出した状態の私は、自分でも何を喋《しゃべ》っているのかわからないほど動揺している。

気が付いたら彼に促され、そう素直に告げていた。

「リフレの店を探す？　どうしてそんなことする必要があるんだよ」

「………………」

どうしてって……もう柳原にしてもらうわけにはいかないんだから、どこか専門店でお願いするしかない。

「俺がやってやるって言っただろ。それでいいじゃん」

柳原を見上げたまま黙りこくっている私に、彼はそう言って「違う？」と首を傾げた。

私はかぶりを振った。

「それはできない」

「だから、どうして」

言い方こそソフトでサラッとしたものだったけれど、それはポーズなのだろうと思った。私を見つめる彼の目に、鋭いものを感じたからだ。

柳原は怒っているのだろうか？

でもそんなのおかしい。私が彼に怒りを抱くならわかるけど、彼が私にというのは理屈に合わないのに。

そんな疑問を感じて言葉に詰まっていると、彼は小さく深呼吸をした。

「……じゃあ訊《き》き方を変える。どうして決着がつく前に逃げ出したんだ。しかも、俺を避けてるだろ」

「…………」

「本当はこのことを訊きたかった。仕事中は他の社員の目があるし、昼休みや休憩してるときだって徹底無視。……ずっと機会を窺《うかが》ってたんだ。園田とふたりで話ができる機会をな」

ここ数日、私が富司さんから任された企画書のために残業していることを、柳原は他の社員から聞いて知っていたらしい。

終業後の会社ならば人もおらず話しやすいと思ったようだった。だからわざわざ、夜になって帰社したという。

「で、何で逃げたんだ」

「……逃げたわけじゃない」

せっかく落ち着き始めた気持ちを逆なでしないでほしいと思いつつ、どうにか喉《のど》の奥から言葉を引っぱり出す。

「私、あのときも言ったでしょ？　……こんな関係は続けられないって」

「矢吹さんがどうの——って話だろ。何を言ってるのか、よくわからなかったけど」

柳原は悪びれずに彼女の名前を出した。

その口調が、それと自分は関係ないと言いたげで、黙っていられなかった。

「……どうして矢吹さんのことを振ったの？」

私は衝動的に問うていた。

本当はもう全部忘れるつもりだったし、訊《き》くつもりなんてなかったけれど——ずっと心に引っかかっていたことだし、どうしても我慢できなかったのだ。

駅の近くでふたりを見かけたことを思い出す。どう見たって、彼らは相思相愛の恋人同士のように見えた。

なのに、どうして彼は矢吹さんの告白を受け入れなかったのだろう?

「本人から訊いたのか？」

彼はちょっと驚いた仕草を見せた後、不思議そうに訊《たず》ねた。

「……ううん、たまたま聞いちゃっただけ」

私が答えると、彼は「そうか」と呟いてから続けた。

「どうして振ったって言われても——彼女のことはいい子だと思うけど、それだけだからだよ。恋愛対象としては見られないって本人にも伝えた」

「でも、仕事で一緒にいることも多かったし、仲良さそうだったじゃない」

「それとこれとは話が別だよ。……それに、俺には好きな人がいるから」

「好きな、人？」

そのフレーズを聞いた瞬間、私の目の前で何かがパキンと音を立てて壊れたような気がした。

全く、想定外の台詞《せりふ》だった。

――好きな人？　何それ？

矢吹さんと付き合っているのでは――と思ったときに感じた怒りが、再びこみ上げてくる。

柳原には矢吹さんではなく、別に好きな女性がいた。

そういう女性がいながら……私と、あんなインモラルな関係を結んでいたんだ。

「……最っ低」

もう柳原の顔を見ることができなかった。

私は目を伏せ、床を睨んで吐き捨てる。

「私のこと、どこまでバカにすれば気が済むの？　……こんなのあんまりだよ」

「園田？」

「柳原にとって私って、そこまで軽い存在なの？　私になら何をしたっていいって……そんなふうに思ってるの!?」

言葉にして畳みかけるうちに、目頭が熱くなってくる。

これ以上言ったらダメだと思った。今まで必死に、悟られないように隠し続けてきたことが露呈《ろてい》してしまう。

でももう歯止めなんて利かなかった。中身をぎゅうぎゅうに詰め込んだ入れ物が、一度蓋《ふた》を開けてしまったら中身を取り出さないと閉まらなくなるのと同じ。

私のこの怒りも、一度吐き出してしまったら途中で抑えることなんてできない。

……彼自身にぶつけることでしか、気持ちを収めることはできないのだ。

「……お前、泣いてるのか？」

「泣いてない」

見下ろしている柳原は、私が両目に涙を溜《た》めているのを察したのだろう。

けれど私は認めたくなくて、吐き捨てるみたいに言う。

「嘘だ」

「泣いてないよ」

悟られたくない。私は椅子から立ち上がりトイレに向かおうとする。けれど、それを柳原は許さない。

彼が私の右腕を掴んで引き留める。私は彼に背を向け、顔を背《そむ》けた。

「逃げるな。泣いてないなら、俺の目を見て言えよ」

「嫌だ」

「なあ――」

「泣いてないったらっ――見ないでよっ！」

弱っているところを、どうしても彼には見られたくない。

そう叫んで振り切ろうとすると、彼は掴んだ右手を強く引き寄せる。私の身体が彼に大きく寄ったところで背中に手が回り——どういうわけか、抱きしめられていた。

「……じゃあ顔、見ないから。このままだったら、話聞けるか？」

私の肩越しに囁《ささや》く柳原。耳に直接落ちる声がやけに優しかった。

「…………」

ふわりと首元から漂《ただよ》う香水の香り。街中で不意にこの爽《さわ》やかな香りに遭遇すると、彼を思い出して切なくなることもあった。

頭の片隅で、そういえば柳原にこうやってハグをされたのは初めてだったな——と考える。恋人同士だったわけじゃないんだし、当たり前と言えば当たり前だ。

離れなきゃいけないってわかっているけれど、すぐにはそうできなかった。

だって悔しいけれど、私はまだ柳原のことが好きなのだ。

好きな人に思いがけず抱きしめられて、それを簡単に拒める女の人はいないだろう。

私の無言を肯定と受け取ったらしい柳原は、ぽんぽん、と私の背中を優しく叩きながら言った。

「何か上手く伝わってない感じがするから、ちゃんと言うけど……園田はさ、俺の好きな人って誰のことだと思ってる？」

「……え？」

断られたという話を聞く前だったら、百パーセント矢吹さんだと思っていたけれど、違ったようだし。

そうなると、ただの同僚である柳原の個人的な交友関係を、私が知るはずがない。

「……そんなの、わかんないよ」

そもそも知りたくなかった。自分が好きな人が誰を想っているかなんて、知ったところで空《むな》しくなるだけだ。

「やっぱり、伝わってないか」

ちょっと落ち込んだような声音ではあるものの、彼の語尾には笑いがまじる。

「──ねえ。もう顔見てもいい？　こういうのって、ちゃんと相手の目を見て言いたいタイプなんだよね、俺」

柳原はそう言うと、私の返事を待たずに密着していた身体を離した。

背中を抱いていた手は、私を逃がさないようにと肩に滑らせる。

少し間が空いたことで、今にも溢れそうだった涙は引いていたから、私は嫌がったりせずに彼の言葉を待った。

珍しく緊張しているのか、柳原の瞳はほんの一瞬だけ怯えるように私から逸れたけれど、すぐに気を取りなおして真っ直ぐに見つめてくる。

「俺が好きなのは、園田──お前だよ」

柳原が何を言っているのか、言われたその瞬間は理解できなかった。

口のなかでゆっくりと飴《あめ》を溶かすみたいにして、その言葉の意味を、頭のなかで何度も何度も確かめる。

柳原が好きなのは、私……？

「や……やだ、こんなときにまで冗談？」

理解したあとも、到底受け入れることはできずに、私はふいっと顔を背《そむ》けた。

これ以上私をからかって何がしたいんだろう。

柳原のことが好きな私にとって、これほど残酷な台詞《せりふ》はないのに。

……まあ、彼が私の気持ちをどこまで知っているかはわからないのだけれど。

「冗談なんかじゃない。ちゃんと、こっち向いて」

「……っ」

肩に置いていた手で顎《あご》を掴まれ、上を向かされる。

再び強制的にかち合った視線の先にある彼の瞳は至って真剣で、とてもからかったり冗談を言っている感じではなかった。

……え？　う……嘘でしょ？

「てっきり伝わってると思ってたのに。園田がこんなに鈍いなんてな」

私が彼の言葉を信用したとわかると、彼は顎をつかんでいた手をそっと離して呟いた。

「柳原……ほ、本当なの？　今の……」

あまりの展開に頭がついていかない。

私は壊れたラジオみたいにたどたどしい声で訊《たず》ねるのが精一杯だった。

「本当だよ。そんな嘘ついてどうする」

「だってっ……他のみんなには優しいくせに、私にだけはすごくぞんざいじゃないっ。だから私、てっきりどうでもいいヤツだと思われてるのかなって――」

「どうでもいいと思ってるヤツに、わざわざ仕事終わりの疲れてる時間にリフレしてやろうなんて気持ちにはならないだろ。ちょっとは頭使えって」

私の言葉を遮って、柳原が苦笑する。

「……園田のこと、本当は入社試験で初めて会ったときから、面白いヤツだなって気になってた。俺の悪いくせで、気になる子ってちょっかい出したくなるんだよな。だからたまに周りから、今のは言い過ぎだとかやり過ぎだとかも言われがちなんだけど」

「何それ、小学生みたい」

「うるさい」

感想を挟むと、彼は照れ隠しなのか早口で言い返す。

「――俺さ、自分で言うのも何だけど、女で不自由したことあんまりなかったんだ。学生時代もそうだけど、ここ――自分の父親の会社に入ってからは、特に女子社員からチヤホヤされるようになったわけ」

「知ってるよ。柳原の何がいいんだろうって、いつも思ってたけど」

「お前、結構ハッキリ言うよな」

くっくっ、とおかしそうに笑う柳原。

……告白してくれた相手に酷《ひど》い言い様《ざま》だとは自分でも感じるけれど、つい本音がもれてしまった。

「でもそういう園田の媚《こ》びないところっていうか……俺のバックグラウンドじゃなく、ちゃんと俺自身を見てくれてるところが、居心地いいなって感じたんだよ。仕事に対する熱意も尊敬できたし、お前のことを知れば知るほど、もっと近づきたいって思ったし、力になりたいとも思ってた」

そこまで話してから、彼は「あ」と何かを思い出したように付け加える。

「先に言っとくけど、だからって三十周年の記念商品のコンペは一切手抜いてないからな。あれはちゃんと真剣に取り組んで、結果お前の仕事になったんだ。譲ったとかそういうんじゃないから安心しろよ」

「うん、わかってる」

しっかりと頷く。私もそんなふうには考えていない。

柳原は、そういう間違った情けをかけるような人間ではないってことは知っている。

逆に、もしそんなことをしていたのなら、彼に失望するだろう。

「――でもその『ディアマント』の開発が進んでいくなかで、お前、どんどんやつれていっただろ。初めてのプロジェクトリーダーで慣れないせいもあっただろうけど、青い顔してパソコンに向かってる姿を見てたら、柄にもなく俺にできることはないかって考えた」

「……だから、リフレをするって言ってくれたの？」

柳原が頷く。

「まさかこんな形で昔のアルバイトが役に立つとは思わなかった。技術自体は、たまに友達を家に呼んだときに思い出しがてらやってたけど、それでも働いてたのは何年も前の話だからな」

「でも、そうとは思えないくらい気持ちよかったよ。柳原、上手だと思う」

嘘じゃなかった。

たとえ習得したのが学生時代だとしても、そのスキルは未だに健在だと思う。

「私のちょうどいい力加減とか、何も言わなくても覚えてくれたみたいだし。本当にお店に通ってるみたいな感覚だったよ」

すると、柳原が目を細めてうれしそうに笑う。

「それはよかった。……昔の店に通って、技術を覚えなおしたかいがあったってもんだ」

「え？」

「ちょっと前までは出張も多くて、出先から直で帰宅ってことも多かったから。予定を合わせて、昔世話になったリフレ店に行って、忘れてたところとか曖昧《あいまい》に覚えてた部分の技術を補完してたんだよ。涙ぐましい努力だと思わない？」

おそらく、矢吹さんとの出張が増えた時期のことを指しているのだろう。

リフレの回数が減ったのと重なるその時期は、彼の興味が矢吹さんに移り始めたからだと思っていたのに——本当は、わざわざリフレを覚えなおしてくれていたというのだ。

……私のためってうぬぼれてもいいんだろうか。

彼は感激のあまり何も言えなくなった私の頭を、ぽんと優しく叩いた。

「これで完全に信じただろ。俺がお前のこと好きだって」

「……うん。信じた」

「ま、信じてもらったところで、お前に嫌われたままじゃどうにもならないんだけどな」

頭に触れていた手を引っ込めながら、柳原が寂しそうに微笑む。

「こっちの勝負も俺の負けなのは、わかってるつもりだ。でも、ちゃんと答えが聞けなかったから、もう一度訊《き》きたい……俺を避けはじめたのは何でだ？　俺のことが嫌になったから？」

「嫌になったなんて、そんな――」

違う、と口にしかけて初めて気づく。

私はまだ、柳原に自分の想いを伝えていなかったんだった。なら、彼がそう勘違いしてしまうのも無理はない。

あらゆる接触を拒み続けた私に、柳原は自分の気持ちを真っ直ぐ伝えに来てくれた。

「――ごめん、柳原。私、勘違いしてた」

……今度は私がそれに応える番だ。

「私ね、柳原が好きなのは矢吹さんだと思ってたの。だから、矢吹さんって大事な人がいるのに、どうして私とああいう関係でいられるんだろうって悩んでた。それで、もしかして私になら何を言っても許されるとか、すごく都合のいい存在だと思われてるんじゃないかって考えたの……でも、そうじゃなかったんだね」

柳原が私に対して、他の人とは違う態度だったのは、私が他の人とは違う――特別な存在だったからだって、思ってもいいんだよね？

「柳原のこと、最初に異性として見られないって言ったのは本当。でも、柳原の家で何回も会って、リフレしてもらってるうちに――やっぱり好きになっちゃってた。……勝負は宣言通り、柳原の勝ちみたい」

『柳原のことなんか、絶対に好きになったりしないんだから。ちゃんと証明してあげる！』

酔っ払いながら、自信満々に吐いた台詞《せりふ》を思い出す。

この勝負には自信があった。はずだった。

結果は私の惨敗。けど、こんなに心が温かく弾むような負けなら、悔しくない。

私が言うと、柳原の表情に少しずつ喜色が浮かんでくる。

「園田、それって――」

「私が柳原を避けてたのは、どうせ想いが叶わないなら諦めたほうがいいって思ったから。けど今日、柳原も私と同じ気持ちだったってことがわかって、すごくうれしいの」

どうしたら彼を忘れることができるだろうって、このひと月、そんなことばかり考えていたのに。

まさか、こんなどんでん返しが待っているなんて思ってもみなかった。

今ならちゃんと伝えられる――自分の、本当の気持ちを。

「私も、柳原のことが好き。……忘れようと思っても、忘れられなかった」

「……園田」

噛み締めるみたいに私の名前を呼ぶと、彼はもう一度私を抱き寄せた。

胸に感じる体温は、初めて彼と結ばれたあの日の夜――眠れぬ夜に悩んでいた私を安心させてくれた、穏やかな温もりを思い出させた。

「……めちゃくちゃうれしい。園田の口から、俺の一番聞きたかった言葉が聞けて」

再び少し身体を離し、私の額に自分のそれをくっつけた柳原。至近距離でそう呟き、邪気のない笑顔を見せた。

こんなに近くで見つめられると照れる。

「や、柳原、自信満々だったじゃない。私のこと『絶対にオトす』って言い切ってたのに、本当は自信なかったわけ？」

恥ずかしさもあって、私はわざと軽口を叩いた。

「それを言うなら、園田だって、俺のことなんか『絶対に絶対に好きにならない』ってキッパリ言ったよな。あの自信、どこに行ったわけ？」

柳原も眉を上げてそう応戦する。

少しの空白のあと、私たちはふたり同時に噴き出した。

「……そんなこと、どうでもいいか。園田」

「うん？」

呼びかけられて返事をする。

冗談を交わしあって砕けた表情を引き締めて、彼が続けた。

「キスしていい？」

「……いいよ」

断る理由なんてなかった。快く頷くと、柳原の唇が、私のそれに重なる。

触れるだけの口づけだけれど、今まで彼と交わしたどのキスよりも甘く、切なく、優しかった。

「――今夜、家に来いよ」

離れていく彼の唇が、静かに言った。

「今日？」

「リフレ。店探すくらい疲れてるんだろ。なら、俺がやってやるから」

「え、でも……私、企画書のアイディアを練らなきゃいけなくてっ」

「凝《こ》り固まった頭と身体でいい案なんか出るわけないだろ。どうしても今日仕上げなきゃいけないヤツでもないんだし、今日はリラックスモードに切り替える。いい？」

「あ……は、はい」

柳原の言うことも一理ある。煮詰まってしまったときは、一度リラックスしてみるのもいいかもしれない。

……なんて、彼に乗せられてるだけかもしれないけど。

彼は満足げにニッと笑って言った。

「よし、じゃあ帰ろうぜ」

◇　◆　◇

クラリセージの甘い香りが漂《ただよ》う柳原の部屋で眠りかけていた私は、リフレが終わったという合図を彼のキスで知った。

幾度か啄《ついば》むように唇を吸われた後、彼の柔らかな舌が侵入してくる。

「んっ……む、うっ……」

施術の気持ちよさでぼんやりしていたから、私は彼にされるがまま、歯列を舌でなぞられたり、舌先を優しく吸われたりした。

「……起きた？」

ひとしきり口内を味わい尽くすと、彼は頬にキスを落として意地悪く訊《たず》ねる。

「あ……うんっ……」

頭のなかを掻き混ぜられるみたいな刺激に、呼吸が乱れる。

身体や顔が熱い。リフレのおかげで下半身を中心に血の巡りがよくなり、温かくなったんだろうけれど、一番の原因がそれじゃないのはわかりきっていた。

「そんなエロい顔して誘うなよ。こっちはリフレの間中、我慢してたっていうのに」

私を見下ろす彼の表情は、興奮してるように見えた。

彼がこういうときにだけ見せるサディスティックな瞳に、ゾクゾクしてしまう。

「柳原っ……」

それだけで酷《ひど》く官能的な気分になり、身体の中心が熱くなるのを感じた。

彼の自宅に上がったら、リフレだけでは終わらないだろうという覚悟はあった。

けどもう過剰に身構える必要なんてないのだ。

私と彼の気持ちが通じ合っているとわかった今、毎回施術の度に行われていた無言の攻防戦は、もう必要ないのだから。

「どうしたい？　園田」

彼の名を呼ぶ私に、そっと耳元で訊《たず》ねる。

「園田がしたいこと、俺に教えて。そしたら、その通りにするから」

「っ……」

やっぱり柳原は意地悪だ。

いつもの流れから考えても、私が求めていることなんて口にしなくてもわかるだろうに。

「――して。いつもみたいにっ……」

「してって、何を？」

「さ、触ってほしいっ……柳原に、私の身体っ……」

いつもは、彼が勝手にしてるって思ってたから、まだ耐えられたのに。

こうして自分で言葉にして要求すると、なんだかとてもはしたないことを口走っているような気持ちになる。

「じゃあベッドに行こう。ゆっくり触ってやるよ」

柳原に手を取られて、ベッドに誘導される。

彼はベッドに私を仰向《あおむ》けで寝かせると、もう一度軽くキスをした。

「……リフレしてる間、ずっとお前に触れたいって思ってた」

そして私の上に馬乗りになり、ブラウスの小さなボタンをひとつずつ外していく。

すべて外れると柳原はブラウスを脱がし、下のキャミソールをたくし上げて、それも一緒に脱がせてしまう。

残ったのは、上下黒のコットンのブラセットと膝丈のスカート。彼は、片手を私のお腹の上に置き、ゆっくりと撫で上げる。

「んっ……」

「こうして、柔らかい肌に触れて……これが他の誰でもない俺だけのものだって、実感したかった」

「柳原っ……」

これまでと違って身体だけではなく心も求められているのが伝わってきて、素直にうれしいと思った。

同時に、彼に対する愛しさもこみ上げてくる。

背中のホックを外してブラをずり上げると、二つの膨らみとその頂《いただき》が露《あら》わになる。

「あ……あんまり、見ないでっ……」

こんなふうに身体をまじまじと見られるのは、初めてのあの夜以来だった。

普段はリフレの延長でいたずらをされていただけだから、服を脱がされることはなかったし、こうやって上半身に触れられることもなかった。

だから今は、すごく恥ずかしい。

「どうして？　こんなに綺麗な身体してるのに」

「そんなことないっ……」

ぶんぶんと首を横に振る。

これまで女友達にも、付き合ってきた彼氏にも、容姿について特によく言われたことはなかった。だからこれがただのリップサービスだと、ちゃんとわかっている。けれど、普段はからかってばかりの柳原から正面切ってほめられるのはくすぐったい。

そんな私の心境を知ってか知らずか、柳原は余裕ぶって薄く笑む。

「綺麗だよ。……それに、すごくエロい」

そう呟くと、彼はぱくんと片方の頂《いただき》を口に含んだ。

「ふぁっ……！」

舌先でころころと転がすようにそれを突いて、私の反応を窺《うかが》う。

「んっ……あっ……！」

「これ、気持ちいい？　……こっちも勃《た》っちゃってる」

こっち――と、もう片方の頂を摘《つま》んでみせる。まだ何の刺激も与えられていないのに、そこはピンと存在を主張するように勃ち上がっていた。

「んんっ！」

「……園田の我慢してる顔、すっごい興奮するんだよな」

片側の頂を吸い、舌で転がしながら、もう片側の頂は指先で優しく擦って愛撫する。

左右を交代しながら、声を抑えるために口元に手を当てる私をちらりと見て、彼が言った。

「だからリフレしながらいたずらしてたときも――必死に寝たふりして耐えてるお前の顔見てると、

余計にいじめたくなるっていうか」

「ぁあっ！」

かり、と微《かす》かな衝撃が、胸の先に走る。甘噛みだ。

「あのとき――やっぱり気持ちよかったんだろ？」

「っ……」

下から覗き込むようにして私を見つめながら、ニヤニヤと訊《たず》ねる柳原。

「毎回キッチリイッてたもんな。身体、痙攣《けいれん》させちゃって」

「っ!!」

隠し通せたなんて思ってはいなかったけれど、直接指摘されるときまり悪い。

「……気持ちよかった？」

「あ、ぅ……」

私が恥ずかしがり屋であると気づいてから、柳原は恥ずかしいことをわざと言ったり、言わせたりするようになっていた。

そうやって煽《あお》り立てて、私の反応を楽しんでいるのだ。

スルーしようと思っても、許してはくれなくて……つくづく性格が悪い。

「……かった」

「ん？」

「気持ち、よかったっ……柳原に、触ってもらってっ……」

私はぎゅっと目を瞑《つむ》って答えた。

「へえ、そう。……じゃ、毎回期待してたわけだ」

「えっ……？」

「リフレしに俺の家に来たら、毎回イかせてもらえるって……そう思ってたんだろ？」

彼はお腹にひとつキスを落とすと、スカートのホックを外してするりと脱がせてしまう。

彼は一度私の立てた膝の上に手を置いた後、そこから内股や恥丘を撫でて、ショーツのクロッチに辿り着いた。

指先が、敏感な部分を布越しに突いてきた。

「ひゃ……!!」

「どうなの？　……毎回期待してた？」

何度も何度も、下着のクロッチ越しに秘裂をなぞってくる。

その刺激はとても弱く、もどかしくさえ感じる。

答えなければ、この先はないとでも言いたげに、ゆっくり、ゆっくり、同じところばかり往復する。

「し、てた……のかもしれないっ……」

私は泣きそうになりながら言った。

そのときは、彼のいたずらにいかに耐えるかということで頭がいっぱいだった。

けどそれは、裏を返せば毎回彼のいたずらに翻弄されることを許容していたわけで。

抗《あらが》おうとしつつも、心とは裏腹に気持ちよくなってしまっていた私は、期待していたのと同じなのかもしれない。

「なるほど――まあそうか」

「ぁんっ……！」

それまで一定のリズムを刻んでクロッチの上をなぞっていた指先が、突然ショーツの脇から差し込まれ、粘膜を直接撫でつける。

「だから触る前から、こんなに濡れてるんだ？」

「やぁっ……」

柳原はもう片方の手でショーツをずり下ろして脱がせながら、くちゅくちゅと音を立ててその場所を円を描くように弄《いじ》る。

「ほら……音、すごくない？　お尻のほうまで垂れてる」

わざと音が大きくなるように指を動かされて、私は耳まで赤くなるのを感じた。

「こんなにぐちゃぐちゃに溢れさせてどうするんだよ。……わかった」

「っ……？」

彼が私の両脚を大きく開き、その下に膝をつく姿勢に変わる。

「俺が舐めとってやるよ――」

そして、両脚が閉じないようにがっちりと押さえると、剥《む》き出しの秘部に顔を埋めた。

「やっ……だめだよっ、柳原っ……！」

慌てて脚を閉じようとするけれど、彼にガードされてしまっていて叶わない。

「だめ？」

「だって、そんなところ汚い――ぁあぁっ……！」

ざらざらの舌で優しく愛撫されると、甘美な刺激が身体中を駆け抜けた。

柳原は唇を使って私の入り口から湧き出た蜜を啜《すす》りながら、舌先をその膣内《なか》に捻じ込み、時折秘芽を突いたり舐め上げたりした。

その度に、私は身体全体をびくびくと震わせて、激しすぎる快感に耐える。

「はぁっ、んんっ……だ、めっ……そんな、したらっ……」

「もうイッちゃうって？」

「っ……！」

頭が沸騰《ふっとう》しそうだった私は言葉にすることができず、ただひたすらこくこくと頷くことしかできなかった。

「それは困る。そしたら俺、お預けってことだろ」

「はぁっ……はあっ……」

柳原は愛撫を止め、両脚を押さえつけていた手の力を緩めて、上体を起こした。

彼が与える快楽に身を委《ゆだ》ね、息を弾ませている私の唇に、軽く口づける。

「さすがにこれ以上の我慢は無理だわ――園田、一緒に気持ちよくなろうか」

身に着けていたワイシャツとスラックスを脱ぎ、ベッドの下に放った柳原は「園田」と私の名前を呼び、私の手を自身のボクサーパンツの膨らみに持っていく。

「――これ、口でしてくれる？」

その場所は彼自身の高ぶりのためか、とても熱く感じた。

「……上手にできないかもしれないけど……」

ずい分長いこと彼氏がいなかったし、経験も少ないけれど、好きな人のなら嫌悪感《けんおかん》はない。

柳原は「ありがとう」と微笑むと、ベッドに仰向《あおむ》けに寝そべった。代わりに、今度は私が彼の身体を跨ぐ格好になる。

ボクサーパンツの中心は、彼の先走りで少し濡れていた。

私を愛撫してくれながら、彼自身も興奮してくれていたのだと思うと――少し、うれしい。

そうっと下着の穿き口の部分を捲《めく》りあげると、彼自身が勢いよく顔を出す。

「……じゃ、じゃあ、するねっ……」

久しぶり過ぎて、何だか緊張する。

私はごくりと唾を呑んで、恐る恐るそれに唇を這わせた。

唇が触れた瞬間、びくんと彼自身が震えるのがわかる。

唇に見立てて何度かキスをしてから、舌を出して根元から先端までを舐め上げてみる。

「っ……」

普段なら絶対に聞くことのできない柳原の切羽詰まった声を耳にすると、いたずら心が芽生える。

柳原の性格の悪さが移ったのかも——と思いつつ、一番反応の良かった裏筋の部分を念入りに往復することにする。

思った通り、柳原は息を乱しながら感じてくれているようだった。

舐めれば舐めるほどに、彼自身は硬く屹立し、先端に高ぶりの雫《しずく》が滲《にじ》んでくる。

「気持ちいい？」

「……ああ」

吐息まじりの声が妙にセクシーで、私までドキドキする。

一度顔を上げて彼の表情を確認してみる。切なげな顔に、加虐心をくすぐられた。

——もっと彼の乱れた姿が見たい。

柳原が私に抱いている気持ちって、こんな感じなのかもしれない。

舌先でなぞるだけに留まらず、先っぽを口に含んで吸い上げたりする。

慣れてきたら、唇を窄《すぼ》めて扱《しご》き上げるみたいに動かして、彼の快感を高めていく。

「……園田、ストップ」

その途中、柳原の手が私の頭の上に置かれた。

私は咥《くわ》えていた彼のものを離して、顔を上げた。

「これ以上されるとヤバい。出そうになる……ありがとな」

彼はそう礼を言うと、ずり下ろした下着を脱いでベッドの下に放った。

それから、枕元に準備してあった避妊具をもどかしそうに着ける。いつもより張り詰め、反り返っているように感じるそれが、薄いゴム製の膜に包まれていく。

彼は私を組み敷いて、高ぶる自身を秘裂に宛てがった。

「早くこれ……園田の膣内《なか》に挿《い》れたい。いいよな？」

飢えた肉食獣のような、差し迫った眼差しで見つめられると――私は、魔法にかかったみたいに、すんなりと頷いていた。

「うんっ……」

十分に潤いを纏《まと》っていた入り口は、硬く張りつめていた柳原の先端を難なく呑みこんでいく。

「ぁあっ……！」

根元まで一気に突き入れられて、私の口からは喘《あえ》ぎとも吐息ともつかない声がもれた。

身体の中心に、彼の熱を感じる。

――大好きな人の熱を。

私の膣内に挿入《はい》ったことで、彼の高ぶりも質量を増したようだった。膣内で、さらに硬度を増したことが粘膜越しに伝わってくる。

「……動いて平気？」

すぐにでも動きたいだろう衝動を抑えつつ、彼が浅い呼吸を繰り返しながら訊《たず》ねる。

「大丈夫っ……」

私は頷き、促した。……むしろ、早く動いてほしいとさえ思った。

「園田のこと、めちゃくちゃにするくらいに愛したい――痛かったら言えよ？」

「あっ……！」

柳原はそう囁《ささや》くと、抽送を始める。

「はぁっ、あっ……んんっ……！」

最初から、手加減なしの激しい律動。

柳原のものに、お腹のなかをぐるぐると掻き混ぜられている気分だった。

私はがっちりと彼の背中に腕を回した。

「待って、は、げしいよっ……柳原っ……！」

「っ……はあっ……めちゃくちゃにしたいって言ったろっ……」

柳原が噛みつくみたいな、情熱的なキスをしてくる。

ぶつかり合う粘膜が、擦り上げられる内壁が、絡み合う舌が、唇が、零れる吐息が——全てが熱い。

その熱に浮かされながら、自分がとてつもなく大きな快楽に包まれていることを知る。

「っ……園田っ……」

深く長い口づけを終え、柳原が再び私の名前を呼んだ。

「な、にっ……？」

「これ——お前の膣内《なか》、何が挿入《はい》ってる？」

「ふぁっ……何っ、て……」

身体の中心を揺さぶられながら、思考能力が低下した頭で適切な言葉を探す。

「柳原のっ……」

「俺の、何？」

「っ……！」

いつもの、いたずらっぽい彼の瞳を見てやっとわかった。

彼は、口にするのも恥ずかしいあの言葉を私に言わせたいのだ。

「む、りっ……」

私はいやいやをするように首を横に振った。

「ぁっ……言えないよっ……そんなのっ……」

「何で言えないの？」

「だってっ……は、恥ずかしすぎるっ……！」

当たり前だ。……そんな言葉、実際に口にしたことなんてないんだから。

「――じゃあさ」

柳原は何か考え付いた様子で言うと、あっさりと自身を引き抜いてしまう。

「ぁっ……」

突然の喪失感に私が非難の声を上げると、彼は私の身体を反転させ、うつぶせにした。

そして私の髪をかき上げると、耳元でこう囁いた。

「腰だけ上げてみて」

「腰だけ……？」

彼の指示通り、私は、両膝を折って四つん這いに近い体勢になる。

「……これでいい？」

「そう、それでいい――」

「……んんっ!!」

何が何だかわからないでいると――なんと彼が私の腰を抱えて、後ろから挿入《はい》ってきた。

「……これなら顔見えないし、言えるだろ？」

「はぁっ、あっ……！」

確かに柳原の顔が見えない分、羞恥心《しゅうちしん》は薄まるとは思うけど……私には、恥ずかしいその言葉を口に出す勇気はない。

「やぁっ……無理だよっ……」

けれど、筋金入りのSの柳原だ。私の抵抗なんて想定内らしい。

「言わないと動かないって言ったら？」

「ぁ、うっ……」

背後から掛けられたのは無情な言葉だった。

中途半端に刺激を与えられたまま放り出された身体は、焦れて疼《うず》いている。

――彼と繋がっている今だって、新たな快感が欲しくて仕方がないのに。

「ほら……どうする？　園田」

「はぁっ、はぁっ……」

柳原が微《かす》かに腰を揺らして煽《あお》って来る。

もうダメ――我慢できないっ……もっと、気持ちよくなりたいっ……！

「言うっ……言うからっ……！　だから、意地悪しないでっ」

誘惑に負け、観念した私は、ほんの少しだけ顔を後ろに向けた。

そして、顔を寄せてきた彼にだけ聞こえるボリュームで、それを言う。

――ああ、もう顔から火が噴き出そうなくらいに恥ずかしい！

「……園田、めちゃくちゃ可愛い」

「ぁあっ……!!」

羞恥に打ちひしがれる私の姿に満足したらしい柳原は、約束通り抽送を再開してくれる。

「柳原っ……柳原ぁっ……！」

正面から抱き合う体勢と違って、後ろからだと柳原と深く繋がることができる。

そのせいか、いつもより身体の奥深くまで彼を受け入れることができて――満たされているという感覚が強い。

「園田――」

顔が見えない分、柳原の声や息遣いの変化を感じ取りやすい。

どこか甘えるような音を含んだ彼は、力強いグラインドを続けながら言った。

「……名前で呼んでもいい？」

「ぁ、あんっ、はぁっ――」

言葉で応える余裕がなくて、私は何度も頷くことで返事の代わりにした。

「莉々――」

彼に下の名前を呼ばれた瞬間、彼を受け入れている下肢がきゅううっと収縮する。

「渉っ……わたるっ……！」

私も彼も、絶頂はすぐそこだった。

「はぁっ、莉々……キスしようっ……」

繋がり合える場所でなら、全て繋がっていたい。私も同じ気持ちだった。

私は後ろを振り返るみたいな姿勢になって、彼と唇を重ねる。

「もうイくっ……！」

「私もっ……あああぁあっ……！」

目の前に白く眩《まばゆ》い稲妻が走った瞬間、私は高みに上り詰めた。

柳原もほぼ私と同じタイミングで達したらしく、身体のなかで小さな爆発の音を聞いた気がした。

彼は脱力して動けないでいる私の背中にキスを落とした。

「好きだよ、莉々」

――そして、いつもの優しい声音で、愛を囁《ささや》くのだった。

◇

◆

◇

「瞳子、私、柳原と付き合うことになりました」

翌日のお昼の時間。

社員食堂でのランチタイム、開口一番にそう告げると、瞳子は言葉を忘れた人のようにぽかんと口を開けていた。

「ごめん、聞こえなかった？　私、柳原と付き合うことに――」

「いや、聞こえてる聞こえてる」

同じことを繰り返す私にそうじゃないとかぶりを振りつつ、彼女は最近のお気に入りだというコロッケそばのお盆を脇に追いやって頭を抱えた。

「でも……その、何というか……急展開過ぎて呑み込めないというか」

「瞳子、予言めいたこと言ってたじゃない。柳原は私に気があるんじゃないかー、とかって」

彼女は早い段階から柳原の行動をチェックしていて、実は私に興味があるのではと推測していたはずだ。

心に何の準備もしていなかった私と違い、そんなに驚くことはないはずなのに。

すると、瞳子は眉をハの字にし、困ったような顔をした。

「だけど莉々は全然興味ないって感じだったじゃない。私が柳原くんの話題を出すと嫌がってたし」

「うん、嫌いだったよ。割とつい最近までは」

「一体何があったっていうのよ。っていうか、もし柳原くんのこと好きになったらあたしに相談してって言ったじゃないのー、もー」

「あー、そうだったっけ」

そういえば、そんなことを言われていた気もする。

「教えてよー。ねえねえ、どうして嫌いだった柳原くんと付き合うようになっちゃったわけ？　ねえったらねえー！」

「ちょ、ちょっと瞳子、声が大きいってば」

興奮のあまり声のボリュームが増す瞳子の口を慌てて押さえた。

「――こんな話、他の女子社員に聞かれたらマズいんだから」

「もがっ……ごめんごめん、つい」

解放すると、瞳子は片手を拝む形にして謝ってみせた。

配膳口でもらったおしぼりで、手のひらについてしまった瞳子の珊瑚《さんご》色のリップをふき取りつつ、私たちの話が届いていなかったか、周囲を見回して確認してみる。

……よかった。付近に聞かれて困るような人物が見当たらなくてホッとする。

私と柳原の関係がバレたら、あっと言う間に噂が広まり社内の有名人になってしまうばかりか、彼を慕う女子社員から痛い目にあわされるに決まっている。そんなのは避けたい。

「――まあ、今すぐにとは言わないけど、おいおい話してよ。それで、私にその幸せの半分でも分けてよね」

「うん、わかった」

瞳子だって今幸せなはずなのに——と思いきや、最近頻繁《ひんぱん》に電話をしていた男性とダメになってしまったと聞かされた。

「あーあ。もしかしたら寿退社《ことぶき》は莉々のほうが先かもなあ」

「瞳子は私よりも全然モテるんだから、そんな心配しなくたって大丈夫だって」

「はー、彼氏持ちに言われると素直に喜べないわー。しかも相手は社長令息だし、余裕ってヤツだよねー」

「そんなんじゃないってば」

いじけてため息を吐く瞳子に、私は焦ってフォローを入れる。

すると、彼女はあっけらかんと笑い、「ごめんごめん」と片手を振ってみせた。脇に置いたコロッケそばを手前に引き寄せて、箸《はし》を手に取る。

「——わかってるって。でもこれくらい意地悪言わせてよ。仕事も順調、彼氏もできた。怖いものなんてなーんもないハッピーな状態なんだからさ」

「……何言ってんの」

『ディアマント』の発売前でまだどうなるかはわからないけれど、秋の商品開発のリーダーはまた任せてもらえそうだし。絶対に叶うわけないと思っていた柳原との恋も成就した。

……そうだ。私今、最高にハッピーなのかも。

「あ、彼氏発見」

どんぶりのなかでコロッケを崩していた瞳子が、空いている片手をサッと上げた。

「柳原くん、こっちー」

「ちょっ、瞳子っ」

——だからあんまり目立つような行動は取らないでほしいのにっ。

瞳子の呼びかけに気が付いた柳原が、私たちのテーブルにやってくる。

「柳原くん、注文まだなの?」

彼の両手は何も持たないまま下ろされていた。まだ食堂にやってきたばかりなのだろう。

「うん。木島は何食べてるの?」

「あたしはコロッケそば」

「え、何それ。美味《うま》いの?」

珍妙な組み合わせだと思ったのか、柳原は瞳子の顔と彼女のどんぶりを交互に見比べている。

「ゲテモノ扱いする人もいるけど、結構好きなんだー。よかったら柳原くんも食べてみなよ」

「考えとく」

柳原は瞳子の勧めを笑って受け流した。……多分食べないな。これは。

「それはそうと、柳原くん、席決まってないならここおいでよ。久しぶりに一緒に食べよ」

「瞳子ってば」

「いーじゃない、あたしも一緒だったら周りにも変な目で見られないだろうし」

気を利かせているつもりなのだろうか。瞳子は私にウインクをしてみせると、再び柳原のほうを向いた。

「もう気まずくないだろうし——いいでしょ？」

「もちろん」

「よかった。じゃ、食べながら待ってるねー」

コロッケをきっちり半分崩し終わった瞳子は、やっとそばに手を付け始める——と思いきや、

「あっ、七味七味」

とか言いながら立ち上がり、配膳口のほうへ駆け出した。

「木島に話したの？」

ふたりになると、柳原が軽く首を傾げた。私たちの関係についてだろう。

「うん」

馴れ初めまでは話していない……というか、話してもいいものか迷うけれど。ひとまず頷く。

「そっか——あ、そうだ園田」

「何？」

「ちょっと耳貸して」

そう言うと、彼は私の耳に唇を寄せて言った。

「今日、うちに来いよ」

驚いてパッと柳原の顔を見る。

「えっ、でも……リフレの間隔にしては短すぎない？」

昨日の今日だ。短いどころの話じゃない。

すると柳原は、こつんと私の頭を小突いた。

「いたっ」

「バカだな。……もう、リフレだけが会う理由じゃないだろ」

「……あ」

——そっか。私と柳原は付き合ってるんだもんね。

彼氏と彼女に、会うための理由なんていらないのか。……なんか、くすぐったい。

「泊まりに来いってこと。どうする？」

「……もちろん、行くよ」

私が答えると、彼は目を細めて笑った。

「わかった。じゃあ帰り、駐車場で待ってるから」

「うん——あ、でもごめん、やっぱリフレしてほしいかも」

「ん？」

どうして——と彼が視線で訊《たず》ねる。

「企画書のアイディア、結局まだひとつも思いつかなくて。できればリフレ受けながら、リラックスした状態で考えたいから……いい？」

柳原だって大変だろうに、もしかしたら図々《ずうずう》しいお願いなのかもしれない。

控えめに頼んでみると、彼は快く頷いて見せる。

「いいよ。お前がしてほしいって言うなら、いつだってしてやる」

「……ありがと」

胸にじんわりと温かなものが満ちていく。

柳原と一緒にいると、心も身体も自然体で——楽でいられる。

彼は私の一番辛かったとき、私を支えて癒《い》やしてくれた。

願わくば、これからもずっと心地よい癒やしを与えてくれるように。

そして私も、彼にとっての癒やしとなれるように。

——私たちの恋は、まだスタートを切ったばかりだ。

もっと、いじわるに癒《い》やして

「うーん……」

寝言にも似た低くか細い唸《うな》り声が、その場に響いた。

――まずい。さすがにこれ以上は、本当にまずい。

胸に溜《た》まった重だるい何かを吐き出すように、心のなかで自戒の言葉を呟く。

上司である富司さんに新しいリップケア商品の企画書を命じられて、もうずい分、日が過ぎた。

『ディアマント』から手が離れたので、できるだけ早く次のアイディア出しに取り掛かり、やる気のあるところをアピールしようと意気込んだものの――『リップケア商品企画書』というファイル名がついたパソコン画面はずっと真っ白。柳原のリフレも、今のところ新規アイディアのきっかけにはつながっていない。

連日の居残りのかいなく、まだ「これぞ！」という案は出ていなかった。

「リップ……新しいリップ……」

どんなに呟いてみても、状況は昨日までと変わらず。壁掛け時計の秒針の音に急《せ》かされるばかりで、アイディアらしいものは何も、全く、浮かんできやしない。

カチ、カチ、と規則的なその音に導かれるままに時計を見上げれば、午後八時。周囲の社員のほとんどは既に帰宅している。

本当は自宅に持ち帰って考えてもいいのだけど、会社の方が集中力が高まるように思えた。

……まあ、今のところ結果はついてきていないが。

「この感じじゃ、今日も期待できないかな……」

そんなふうに弱気になってはいけない、思い浮かぶものも浮かばなくなってしまう——と自分を叱咤《しった》してみても、やっぱりだめだった。

——あぁ、もう。困ったなあ。

ため息を吐きつつ、首を左右に回してみる。

日がな一日パソコンに向かっているため、首だけでなく、肩や背中、腰など、身体全体が痛い。もちろん、座りっぱなしで脚も浮腫《むく》んでしまっている。

そのとき、キーボードのとなりに置いていた携帯が震えた。

私は、軽く首を押さえていた手でそれを取り、内容を確認する。メッセージだ。

『アイディアまとまりそうか？』

差出人は柳原だった。

柳原渉——私の大嫌いな同僚……だったはずなのに、いつの間にか大好きな恋人に昇格していた男。

『全然。今日もパソコンの画面とにらめっこ中』

手早く文字を打ち込むと、すぐに返信が来る。

『変顔は園田の得意技だしな』

「はぁ？」

ついつい眉間に皺が寄る。

どういう意味？　ムカつく。

……ヤツらしいといえば、らしい返しだけど。

『柳原には負けるよ。あー、ほんと疲れた』

軽口を返しつつ、疲れを強調するため、猫のキャラクターがぐったりと横たわるスタンプ画像を一緒に送信する。

精神的にも肉体的にも、今の私はこの猫そのものだ。もしできるなら、何もかも忘れて横になりたい。

なんてことを考えていると、再び柳原から返信。

『明日、夕飯一緒に食わない？　そのあと、リフレしてやるよ』

その文面を目にした瞬間、自分の顔が綻《ほころ》ぶのがわかった。

明日は水曜日、うちの会社のノー残業デーにあたる。

柳原は私が毎日残業をしていることを知っている。速やかに退社せざるを得ない明日なら、誘いやすいと思ったのだろう。

『やった。いいの？』

よくよく考えてみたらデート自体が初めてだ。

まだ恋人同士になって日が浅いこともあるけど、ご覧の通り企画書の作成で苦戦していたから、なかなか彼との時間を持つことができなかったのだ。

『今さら遠慮することないだろ。揉《も》みがいあるように、今日は散々頭やら身体やら使っておけよ』

「身体は使いようがないでしょ」

デスクワークなんだから——と笑みが零れる。

憎まれ口を叩きつつ、私を気遣ってくれる柳原の気持ちが素直にうれしかった。

『ありがと。じゃあ、引き続き頑張ってみるわ』

心の一番奥のほうがじんわりと温かくなるのを感じながら、私は携帯をキーボードの横に戻した。

——明日、彼と楽しい時間を過ごすためにも、今夜は気合を入れなきゃ。そんなふうに思いながら。

◇◆◇

次の日の会社帰り。初めてのデートは、柳原の自宅の最寄り駅にある、無国籍ダイニングに決まった。

オフィスの最寄り駅で探すという手もあったけれど、それはやめておいた。私と柳原の仲は公《おおやけ》にしていないし、彼に好意を寄せる女性社員を慮《おもんぱか》ってこれからも公表するつもりはないので、見つかったら困るのだ。

会社周辺で食事をとって帰るという社員は結構多い。ラブホテル前で柳原と矢吹さんの姿を見つけてしまった私のように。

それに、最終的にはリフレを受けるために彼の自宅へ向かうことになるのだから、このセレクトは最適なのだ。

ここは以前、店の前を通りかかったときから気になっていたところだ。派手すぎず地味すぎず、賑《にぎ》やかすぎず堅苦しすぎないという、絶妙な雰囲気が漂《ただよ》っていたので、いつか来てみたいと思っていた。

実際に入ると、期待を裏切らない照明や内装、接客で、デートという特別な高揚感をより高めてくれた。

「で、結局企画書は完成したの？」

通されたのは、ゆったりした四人掛けのソファ席。

向かいの柳原が、互いのビールグラスで乾杯をした直後、そう訊《たず》ねてきた。

「ぜーんぜん」

泡ばかりが口内に流れ込んでくるビールを、グラスの半分ほど一気に飲んでから、私が答える。

「新しいリップってざっくり言ってくれるけど、もう大体は出尽くしちゃった感があるよね。参考までにいろんなメーカーのウェブサイトをチェックしてるけど、あーどこかで見たことあるなってやつばっかりで」

王道のスティックタイプが大半を占めるけれど、指にとって使うジェル状のものや、匂い付き、グロス風などプラスアルファの機能がついたものもある。逆に、香料や顔料など余計なものを含まないナチュラル志向のもの——等々。

例をあげればキリがないけれど、目新しいものはなかなか見当たらなかった。

「そもそも他のメーカーで既に発売されてるものだと、二番煎《せん》じになるしな」

私の飲みっぷりに薄く笑いながら、柳原が眉を下げた。

「そうなんだよね。だからまだ誰も生み出してないものを——と思って、一生懸命考えてはいるんだけど……何にも浮かばなくてさ」

やる気だけは十二分にあるのに全く反映されない。

ここ最近のイライラがまた蘇《よみがえ》る。それを発散するかのように、私はグラスの中身を飲み干した。

「大分ストレス溜《た》まってんな」

「ストレスのかたまりだよ。ずっと会社と家の往復だもん」

「休みの日だって、メーカーのサイトで商品チェックだもんな」

「そうそう」

気を利かせた柳原が店員を呼び止め「同じものを」とオーダーしてくれる。

「柳原はどうなの。出張多いし、そっちこそ忙しいんじゃない？」

「いや、俺はこうなるのはある程度予想してたからな。それに、挨拶《あいさつ》や接待がメインだから、そのときそのときは神経使うけど、持ち帰りの仕事ってわけじゃないし」

彼のほうは引き続き、出張で忙しくしているようだった。

「矢吹さんとはどう？　……気まずくなったりしてない？」

女子トイレで涙していた彼女の姿を思い出し、心配になって訊《たず》ねる。

プライベートでギクシャクしても、仕事は仕事。矢吹さんはこれまで通り会社の意向に沿い、柳原の出張に同行していた。

「それは大丈夫」

柳原はしっかりと頷いて答えた。

「彼女も大人だし、ちゃんとわかってくれてる。変に気を遣うこともないし、仲良くやれてると俺は思ってるよ」

『仲良く』というフレーズが誤解を招くと思ったのか、彼は「変な意味じゃなくてな」と付け加えた。

「わかってるって」

それが面白くて小さく笑う。すると、彼がちょっとふてくされて言った。

「お前、意外とやきもち妬きだからさ」

「私？」

「俺と矢吹さんの仲、疑ってただろ」

「あれは――だって、状況的にしょうがないというか」

柳原の言う通り、矢吹さんの想いを直接聞いたことや、瞳子に煽《あお》られたことでそう早とちりしてしまったのは事実だ。

でも妙齢の男女がラブホテルの前にいたら、誰だってそう思ってしまうだろう。私の感覚は正常だ。

「別にからかってるわけじゃなくて」

きまり悪くて何か言い返す言葉を探している私を、彼がひらりと手を振って制した。

「……仕事とはいえ、確かに彼女と一緒にいる時間は長いし。だからこそ、園田が変に勘違いしないようにしようって、俺も考えてるって意味」

会社ではあまり見ることのない、柳原の面映《おもは》ゆそうな顔を見て理解する。

意地悪な発言の多い柳原なりに、いや、そういう性格だから余計にそう心がけているのか、大事な場面では私への愛情を示そうとしてくれているのだ。

「……うん、わかるよ」

小説やドラマにあるような、いかにも優しい言い方ではないけれど。私が不安を覚えないようにと配慮してくれる気持ちは十分伝わった。

「ありがと、柳原。うれしい」

私はそんな彼の目を見つめ、微笑んで言った。

ただの同僚だった期間が長い分、私のほうも照れくさい気持ちが邪魔をする。それでも、誤魔化したりせず、シンプルに感謝の気持ちを伝えなければ。

まだまだ始まったばかりの私たちだけど、そういう小さな努力が、ふたりを『同僚』から『恋人』へ徐々に変えてくれる気がする。

「……別に」

彼はちょっと驚いたように目を瞠《みは》ってから、照れ隠しなのか前髪をくしゃりと掻き上げ呟く。

「つか……園田にしては、珍しく素直じゃん。何か、変な感じ」

「たまにはこういうのもいいでしょ？」

「……調子狂う」

戸惑っている様子の柳原は珍しい。いつもは饒舌《じょうぜつ》であれやこれやと私を煽《あお》って愉快そうにしているのに。

……もしかしたら、彼にはこんなふうに真っすぐな反応をするのが一番効くのかもしれない、なんて思ったりしたことは内緒だ。

「ニヤニヤしてないで食えよ。箸《はし》が全然進んでないぞ」

テーブルに並んだ彩《いろど》りのいいバーニャカウダや、こんがりと焼き目のついたグリルチキンなどのお皿を指して彼が言う。

「うん」

いつもは堂々としてる彼が目を合わせようとしないときは、困っているときなんだな、と勉強になった。

「でもあんまり飲みすぎたり、満腹になりすぎるなよな。このあとはリフレも待ってるんだから」

「はーい」

そうだった。美味《おい》しいご馳走のあとは、身体や心のほうにも栄養をもらわないと。

私は明るく返事をしてから、細長くカットされた人参に手を伸ばした。


「お邪魔します」

「お前、もはやわざと言ってるだろ」

玄関を上がるとき、ついつい口にしてしまうかしこまった言葉。

それを耳にするなり、柳原がぷっと噴き出して言う。

「わざとっていうか、他人様の家なわけだし」

部屋までの僅《わず》かな距離を、柳原、私の順に進んでいく。

「彼氏の家でもか？」

扉を開けて電気のスイッチを探る柳原が、笑いながら訊《たず》ねる。と同時に、真っ暗だった周囲が色彩を取り戻した。

「…………」

多分、彼は深い意味なんて込めず、ごく自然にその言葉を発したのだと思う。

――彼氏、か。そうだよね。

柳原は私の彼氏になって、私は柳原の彼女になったんだ。

こんなの今さら確認することでもないのだけど、その響きがたまらなく甘く感じた。

つい最近まで、そんなの絶対に叶わない願いだって思っていたはずなのに。

「園田？」

彼が振り返り、軽口の応酬が途切れたのを、不思議そうにうかがってくる。

「あ、ううん」

私は何事もなかったかのように首を横に振って、着ていたスプリングコートの袖を抜く。

柳原は「変なの」なんて口にしつつ、そのままキッチンに向かう。

「コーヒー、飲むよな？」

「あっ、ううん。今日は大丈夫」

「そうか？」

彼の足が止まった。再びこちらを振り返り、首を傾げる。

「うん。さっき飲んだし」

お店を出る前に、ふたりしてコーヒーを飲んだのだ。

いつも彼が施術前にコーヒーを淹《い》れてくれるのは、私の好物を飲ませてリラックスさせるため。

今の私にとっては、柳原とふたりでいられることが一番の癒《い》やしともいえるので、これからはその力を借りなくてもいいのかもしれない。

「オイルとかタオルの用意するから、園田も準備して」

「うん、わかった」

勧められるままにバスルームで準備をして、待ち望んでいたリフレの時間が始まる。

――『同僚』ではなく、『恋人』となった彼の温かい手が、私を極上の癒やしへと導いてくれるのだ。


「……だ。園田」

肩を揺すぶられてハッと目が覚めた。

カウチの背もたれに預けていた上半身を軽く起こし、声のしたほうへ顔を向けた。

部屋着のロンTの袖を捲《まく》った彼が、傍《かたわ》らに跪《ひざまず》いている。

「あれ、私——寝ちゃってた？」

「ぐっすり。よっぽど疲れてたみたいだな」

腕時計で時刻を確認する。……やはり、きっかり四十分経過していた。

「ホント、熟睡してたんだね……」

柳原のリフレを受けて、眠ってしまったのは最初の一回だけだ。

……その、二回目以降も眠っていることにはなっていたけど、それは柳原のいたずらに気づかないふりをするという狙いがあったからで、実のところはしっかりと起きていた。

とはいえ、その最初の一回だって完全に寝入っていたわけではなく、うつらうつらと船を漕ぐような感じだった。今回みたいに、「ガッツリ寝ました！」ということはなかったのに。

「あー、ショック。せっかくリフレしてもらったのに、もったいない」

「何だよもったいないって」

「もったいないでしょ。してもらってる感じ、寝ちゃってて覚えてないもん。今日は特別疲れ果ててたから、じっくり味わいたかったのに～」

リフレは、やってもらってる感が大事だというのが私の持論だ。

時間を掛け、脚全体を揉《も》み解《ほぐ》してもらう過程を意識してこそ、疲れや凝《こ》りが取れていくような気がする。

「効果は一緒だろ。園田が寝てても、別に手抜いたりはしてないし」

「そういうことじゃないんだって」

彼を「寝てるからいいや」と適当に施術を済ませるようなヤツだなんて、疑ってはいない。

この感覚、柳原には理解できないのかなあ。やってもらっているときの感覚をちゃんと噛み締めたいっていう――ましてや、施術者が自分の大好きな人であればなおさらの、この気持ちが。

「すぐ眠りこけるくらい、身体が限界だったたってことだろ」

柳原はやれやれと肩を竦《すく》めたあと、悔しがる私に言った。

「どこも凝ってそうだったけど、特に酷《ひど》かったのは首肩の反射区と目の反射区だな」

「目？」

意外な場所の名前があがって、声が高くなる。

「目も凝ったりするの？」

「凝るっていうか、使いすぎってこと。パソコンとにらめっこでダメージがすごいんだろ。こ
こ――押すとゴリゴリするの、わかるか？」

「痛っ」

柳原が、まだオイルのついた右足の人差し指を摘《つま》んで、その腹に圧を掛ける。

と、まだくっつきそうだった瞼《まぶた》がぱちりと開くような、鋭い痛みが走った。反射的に、摘まれた右足をばたつかせる。

「施術中はかなり力を加減させてもらった。じゃないと、痛いだけだからな」

「あ、ありがと……」

柳原の言う通りだ。今みたいに無遠慮に圧を掛けられたら、どんなに熟睡していても飛び起きる自信があった。

「あくまで一番疲れてたところって意味だからな。他の場所も結構キてる。お前はストレスが溜《た》まると身体全体がどんどん凝り固まっていくから、今回の企画書作成でそれが顕著に表れたって感じ」

「うう……」

首肩は自覚があったけど、目も疲れてたなんて。

あ、でも――

「もしかして、アイディアが湧かなかったのは疲れが溜まりすぎてたからかも。でも、解してもらえたってことで、これからいい案浮かんだりして」

「これですぐ思いつくなら、俺もやりがいあるんだけどな」

そんな単純な話でもないと笑いながら、柳原は温かいタオルで片脚ずつオイルを拭き取っていく。

足の裏から甲、膝頭《ひざがしら》、膝裏までを丁寧に拭ったあとに軽くパウダーをはたいてから、タオルを畳んでキッチンへ持っていく。

すっかり眠ってしまったけれど、錘《おもり》を背負ったような身体の不快感は軽減していた。

座りっぱなしでだるかった足元もスッキリした気がする。

さすがは柳原だ。本職にしてもいいのではないかと思う技術を、私のためだけに使ってもらうのはもったいないとすら感じる。

「――施術後のお茶」

彼は温タオルの代わりにトレイを持って戻って来た。

施術のあとに必ず出してくれる、ハーブティーだ。

ローテーブルの上に置かれる、ガラスのティーポットと白磁のシンプルなカップとソーサー、そして小皿に載ったレモンスライスとティースプーン。

ポットは透明で、中身が見えるようになっている。

「わ、綺麗」

弾んだ声が口をつく。

ポットを満たすお茶はうっすらとしたブルー。こんなの、初めて見た。

「珍しいだろ。今日はブルーマロウってハーブティー」

「ブルーマロウ?」

名前も初めて聞いた。復唱して訊《たず》ねると、彼が頷いた。

「青い花の色素がお茶に溶け出て水色になるんだ。癖もないし飲みやすい」

言いながら、その水色のお茶をカップに注いでくれる。

色づきのあるお茶は、以前ハイビスカスティーなるものをカフェで飲んだことがある。あれは綺麗なルビー色で、やっぱり花の色素が溶け出たものだと聞いた。

「青いお茶なんてあるんだね。びっくりした」

「まだびっくりするのは早い」

とりあえずは飲め――とばかりに、顎《あご》でカップを示して見せる。

カウチから脚を下ろすと、私は促されるままにソーサーごと手に取り、カップを口元に運んだ。そして、中身を一口含む――ふんわりと優しく甘い香りがする。

「……うん、いい香り。柳原の言う通り、癖がなくて飲みやすいね」

ごくん、と嚥下《えんげ》してからそう言った。

ハーブティーというと独特の強い香りを連想するけれど、これは万人に受けそうな感じがする。

「だろ。だから基本はブレンドティーのなかに入ってて、色づけの役割をするんだ。香りの特徴があまりないってことは、いろんなものと合わせやすいってことだからな」

「なるほどね」

確かにこの青色は珍しい。

けど――他に、驚くような要素はない。

説明を求めて柳原の顔を見つめると、彼はニヤッと意味深な笑みを浮かべた。

「そのなかにレモン入れてみな」

「レモンを……」

カップとソーサーをローテーブルに下ろし、ティースプーンを使ってレモンスライスをカップのなかに沈める。

「……あっ」

ティースプーンの背を使って、レモンの果肉を軽く潰しながらお茶に浸《ひた》しているうち、ブルーだったお茶の色が薄いピンク色に変化していく。

柳原のほうを向くと、彼はしたり顔で、

「面白いだろ？」

と訊《たず》ねる。

「うん、面白い――すごいね！」

「色が変わったら、レモンは取り出していい。レモンを入れなくても、時間が経つと少しずつピンクになっていくんだけど……こうしたほうが華やかだし、風味も二度楽しめるからな」

レモンを取り出し小皿に戻してから、もう一度カップに口をつける。

柑橘系《かんきつけい》の爽《さわ》やかな香りと味が加わって、別のお茶を飲んでいるようだった。

「気に入った？」

「もちろん」

「毎回趣向を凝《こ》らすのも結構大変なんだぜ。あーこんなのあったなー、なんて、働いてたときのこと思い出したりして」

わざと大きく息を吐いて見せる柳原に、「ありがと」とお礼を言う。

彼はリフレが上手いだけではなく、ハーブティーやアロマテラピーの知識も豊富だ。

全て働いていたリフレクソロジー店で培《つちか》ったものらしいけれど、何年も前の経験を無駄にしていないところがすごい。

こうやって施術後に出してくれるハーブティーも、「飽きないように」と毎回違った種類のものをセレクトしてくれる。

憎まれ口を叩く割に、意外とサービス精神が旺盛《おうせい》なのだ。

ただただ腹立たしい、憎たらしいと思っていたはずの柳原の、そういった意外な一面を知ることによって、どんどん彼に惹《ひ》かれていく。

——まるで、薄いブルーのハーブティーが、ピンクに変わっていくように。私の気持ちも、どんどん彼に傾いていったんだな、と改めて思った。

「ところでさ——今日はお前も疲れてたし、至ってスタンダードな施術にしたけど……物足りない？」

「！」

不意な問いかけに、啜《すす》っていたお茶を吐き出しそうになる。

「も、物足りないって、何が」

「わかってるだろ」

柳原の温かい手が、ひざ掛けにしていたタオルの隙間を潜《くぐ》って、スカートのなかに滑り込んでくる。

太腿に触れた指先は、一度膝頭《ひざがしら》まで降りてから再び上昇し、内股を探る。

「っ……」

「……園田が、リフレされるたびにいつも楽しみにしてたこと」

「ちょっ……柳原っ」

無防備なその場所を撫でていく感触がくすぐったかった。両脚に力を入れ、彼の手を拒もうとする。

「何で。俺とこういうことするの嫌？」

不服そうに言いつつも、それでも彼の手は強引に両脚の付け根を目指して進んでいこうとする。

「い、嫌じゃないけどっ……」

「ならいいじゃん」

「そうじゃなくて、そのっ、シャワーとかっ……」

終電が近づいてきた時間帯。一日を過ごしたあとだから、そういうことになるのならお風呂で綺麗にしてからにしたい——というのが正直なところだ。

「今までだって浴びてないんだから。気にするなよ」

「き、気にするよ」

「俺は気にしない」

「わ、私は気にするのっ！」

今までは眠っているという設定だったから、主張するチャンスがなかっただけだ。

状況が変わり、間柄も変わったのなら、これくらいのわがままは通させてほしい。

自分が思っているよりもずっと大きな声が出てしまった。柳原は不服そうな表情を浮かべつつ、こじ入れようとした手を退《ひ》いた。

「……そんなに嫌がることないだろ」

言いながら腰を上げ、私がそうしているようにカウチに座った——が、私との間に、こぶし二つ分くらいが入るほどの距離を空けて。

どうやら、彼は私がそういう展開を拒んだのだと思ったらしい。彼の横顔に、ちょっと傷ついたという色も見て取れる。

「ち、違うよ——嫌がったわけじゃ……！」

上半身を彼のほうに向けて否定する。

「……だ、だって、付き合い始めて、デートして、ちゃんとこうなるの……初めてだし。だからこそ、きちんと準備してしたいっていうか……」

思っていることを言葉にして伝えるのは恥ずかしい。特に、こういう内容はなおさらだ。

私は途中から彼の顔を見ることができずに、俯《うつむ》きながら告げる。

カウチの上に置いた指先が白くなる。あまりの恥ずかしさについ力が入ってしまう。

自分はもっとサバサバした率直な人間だと思っていたけれど、こんなことくらいで恥ずかしがるなんて。それだけ柳原が特別なのかと、不思議な気分になる。

「……？」

ぽん、と頭に何かが触れる。顔を上げ、それが柳原の手であると気づいた。

「お前、顔真っ赤なんだけど」

「！」

彼は私の頭を優しくぽんぽんと二回叩いてから、からかうように言った。

指摘されたことでさらに羞恥《しゅうち》を煽《あお》られて、反射的に片手で頬を覆った。

「——ま、でも確かに、今まではなし崩し的に……って感じだったもんな」

頭を叩いた手が、そのまま私の肩を抱き寄せる。もう片方の手が私の背中に回り、彼に抱きしめられる形になった。

触れ合った胸から、肩から、柳原の体温を感じる。

彼は耳元で吐息まじりに囁《ささや》いた。

「……じゃあ、シャワー浴びてきて」

甘く低いトーンでそう言われ、思考が一瞬停止した。

柳原はずるい。そうすれば私がドキドキしてしまうことをわかっていて、わざとそんな言い方をするのだから。

私はこくんと頷き、返事の代わりにした。

シャワーを浴びて部屋に戻ると、今度は入れ替わりに彼がバスルームに向かった。

初めて彼の家に泊まった日も、確かそうだったな——なんて思い出す。私が寝間着替わりに身に着けているこの黒いTシャツも、あの日に借りたものだ。

売り言葉に買い言葉的な展開で関係を持ってしまった柳原と私。そんな私たちだからこそ、彼氏彼女になってしまうなんて、全然、予想してなかった。

ましてや、入社当時から彼が私を好きだったなんてこと、本人の口から聞いても信じられなかったくらいだ。

我が社には、私なんかよりも魅力的な女性はいっぱいいる。矢吹さんだってそのひとりだ。なのにどうして私なんだろう。別段ルックスがいいわけでもないし、可愛いことも言えない。それどころか、冷たい言葉や皮肉を口にしてしまう女のどこがいいんだろう。

「おまたせ」

ぼんやり考えていると、柳原がバスルームから帰って来た。

「お、おかえり」

ベッドに座ったまま返事をした私は、これから始まるだろう行為に緊張して、ついどもってしまった。

彼との行為そのものは何度も経験しているし、何を今さらという感じではあるけれど、やっぱり立場が違えば心境も違うものなのだ。

「何、構えてるんだよ」

その緊張は柳原にも伝わったらしい。わかりやすすぎるくらいの私の態度に苦笑している。

「表情硬いし。そんなんだと俺のほうも緊張してくるわ」

「か……構えてるかな」

ふっと部屋の明かりが消え、間接照明が放つぼやけた光だけが部屋を照らしている状態になった。

こちらに向かってくる柳原の表情ははっきりとは見えないけれど、おそらくおかしそうに笑っているのだと思う。

「リラックスしろよ――リフレのときみたいにさ」

「んっ……」

目の前に立った彼の顔が、ルームライトの淡い明かりに翳《かげ》る。彼は私の肩にそっと手を置くと、上体を屈めてキスをした。

少し乾いた唇は、スタンプを押すみたいに優しく触れた後、僅《わず》かに離れる。

「お前らしくもない」

吐息の掛かる距離でそう呟いたあと、柳原はもう一度私の唇に自分のそれを重ねた。

ちゅっ、とわざと音を立てたあと、彼の舌が唇を割って侵入してくる。

「ふ、ぁっ……」

口内で縮こまっている私の舌を捕らえると、ちろちろと優しく舐めたり、逆にきつく締め付けるように愛撫をする。

最初は何も反応できずにただされるがままだった私だけど、粘膜同士の触れ合いで頭の奥がじんじんと痺《しび》れるみたいな快感を覚えるうちに、彼の動作を真似てみたりした。

「──ちょっとは気が緩んできた？」

長い長いキスのあと、彼は下唇を舐める仕草をして訊《たず》ねる。

そして、私の答えを待たずに両肩を押すと、私をベッドに沈めて覆いかぶさってきた。

「まぁ、そういうお前も新鮮で悪くないけど」

「あっ……」

柳原の手が私の頬をするりと撫でた。首筋から胸元へと降り、Tシャツの上からその膨らみに触れる。

「ブラ、取っちゃえばよかったのに」

やわやわとその部分を揉《も》みしだきながら彼が言う。

「だって──何か、癖でっ……」

「どうせ脱ぐんだし」

「……そ、そうだけど」

癖というのは半分本当で、半分は嘘。

ブラやショーツを身につけずにバスルームから出てくることで、いかにも今からそういう行為をします──と主張するみたいな気がして、憚《はばか》られたのだ。

「でしょ？」

同意を求めつつ、彼が私のTシャツを捲《めく》って脱がせようとしたので、背中を浮かしてそれを手伝う。

黒い衣服が取り払われると、薄いブルーのフリル仕立ての生地に、春らしくイエローやライムグリーンのステッチが入ったブラとショーツが露《あら》わになる。

「ずい分可愛い下着着けてるのな」

「……そ、そう？」

とぼけてみせたけれど、それまでの私との行為で、柳原が目にしてきたものたちと違うのは明らかだった。

「俺のために用意したの？」

「べ、別に、そういうわけじゃ……」

ズバリ言い当てられて語気が弱まる。

しばらくの間、男性関係は過ぎるほど大人しかったので、ブラもショーツも機能的で味気ないものばかり選んでいたことが、心のなかで引っかかっていた。

彼はおそらく、私の何倍、いや、もしかしたら何十倍も異性との経験があるのかもしれない――と考えると、ガッカリさせたくないと思ったのだ。

「へえ」

私の反応で、かえって確信したのだろう。彼は満足そうにニッと笑うと、ブラのホックへは手を回さずに、胸の頂《いただき》を覗かせるようにカップをずり下げた。

「――わざわざ用意したっていうなら、外したら悪いよな」

「ふ、ぁっ……」

柳原が私の胸に顔を埋めた直後、その頂が何とも言えない温かい感触に包まれる。

「んっ……ぁ、あ、っ……」

ちゅっ、ちゅっ——と音を立てて頂にキスしたあと、舌の先で丁寧にそこを舐め上げる。

「お前って本当に感じやすいよな。ほら……もうここ、尖《とが》ってきた」

「ぁ、やあっ……！」

頂を含みながら喋《しゃべ》られると、その振動でぴりぴりとした快感が走った。

そうして彼は、愛撫で硬くなった先端を、舌先で何度も何度も、細かく刺激してくる。

「んんっ……それっ……」

「これ、好き？」

「ん、うぅっ……」

こくん、と微《かす》かに頷くことで返事にする。

「じゃあ、反対も——」

反対側のブラからも頂を取り出し、同じように愛撫する。

激しいようでソフトな快感が心地いい。彼の舌が私の胸の頂を舐め、掬《すく》い、唇で咥《くわ》えられるたびに、身体の中心が熱くなっていく。

「……こっち。たまんなくなってきたんだろ」

胸の膨らみから顔を上げた柳原の指先が、わき腹を通ってショーツに降りていく。

そして、恥丘を経由してクロッチの部分を優しく撫でた。

「んっ……」

感じやすい部分に触れられて、意図しなくても声がもれる。

「どうなってるか調べていい？」

疑問形ではあるけれど、否定する暇のない物言いだった。

彼は訊《たず》ねながらショーツをずり下げ、恥毛をふわりと掻き分けてその中心を弄《いじ》る。

「――もうこんなに濡れてる。わかる？」

彼は人差し指と中指に私の吐き出す蜜を纏《まと》わせると、見えるように私の鼻先へと示した。

「やっ……！」

少し胸を愛撫されただけなのに、二本の指に愛液が水飴のように絡みつく。

視線を逸らすと、彼はその反応を面白がり、こともあろうかその二本の指をぺろりと舐めてみせる。

「っ……柳原っ……！」

「名前で呼べよ。この間みたいに」

最後に身体を重ねた日のことが思い出される。

「……わ、渉っ……」

照れくさい気持ちを抑えつつ、その要求に応えると――

「うん？」

どうしたと言わんばかりの彼。

もちろん彼はそういうポーズを取っているだけで、私のリアクションは計算済みのはず。わざとであるのは明白だ。

「そんなの舐めないでよっ、だから、き、汚いって……」

「汚くない。お前だって好きなくせに」

ただいたずらを面白がっているだけだった彼の瞳が、サディスティックに光る。

「──気持ちよかっただろ？　舐められて」

「っ……！」

彼と最後に結ばれた日のことが、頭を過《よぎ》る。

あまりにも鮮烈な刺激。そのまま続けられたら、あっけなく果ててしまったかもしれないほどの快楽。

実のところ、私はあんなふうに口で愛されたのは初めてだった。

これまでの彼氏は、夜が淡白なのか潔癖なのかは知らないけれど、指先で慣らしてそのまま──というパターンだったし、私も羞恥心《しゅうちしん》が勝って「してほしい」とは言えなかったのだ。

「なあ。もう一回、しようか」

柳原はそう囁《ささや》くと、身体の向きを反転させて私の身体の中心に顔を埋めた。

「あっ──！」

そして有無を言わさず、蜜の溜《た》まった入り口を舌で突かれる。

「やぁ、んんっ──だから、恥ずかしいってっ……ぁあっ……！」

否定の言葉を吐きながら、抵抗を試みるけれど――太腿をがっちりと押さえられ、かつ舌で入り口や襞《ひだ》を撫でつけられると、力が入らなくなってしまう。

「恥ずかしい？　ほとんど見えないじゃん」

「ん、あぁっ……み、見えるとか見えないとか、そういうことじゃっ……！」

充血したそこに、彼の吐息がかかるだけでも腰が震える。私はいやいやをするように首を横に振って訴えた。

普段決して他人が目にするはずのない場所を、口で愛撫されているという事実が恥ずかしいのに。視覚的にどうこうという以前の問題だ。

「自分だけされるのが恥ずかしいなら、俺のもしてみたらいい」

「俺の……？」

意味がわからずに復唱する。すると、彼は部屋着のスラックスのウエスト部分に手をかけ、下着のボクサーショーツごとずり下ろして脱いでしまうと、それを床に放った。

――つまり、良く見えないとはいえ、目の前には彼自身があって……

「俺のを咥《くわ》えてれば、気が紛れるんじゃないのか」

「っ……！」

決して嫌ではないのだけれど、何となく躊躇《ちゅうちょ》してしまうのはやはり羞恥心《しゅうちしん》のせいだろう。

けれど――

「ぁ、んんっ……や、ぁあっ……！」

早く咥えろと煽《あお》るかのように、柳原は激しい愛撫を再開する。

秘芽を唇で挟んだり、舌で撫でたり、突いたり。溢れた蜜を啜《すす》ったり。

身体の中心がとろとろに蕩《とろ》けていくのを感じ、次第に羞恥心という名の箍《たが》も緩んでくる。

「……俺のも、気持ちよくして？」

息継ぎの合間、彼が口にした言葉がトドメになった。

私は何かに誘われるみたいに、彼のものを指先で軽く支えながら、咥え込む。

「んんっ……」

その瞬間、口のなかの彼がぴくんと跳ねた。

既にある程度の高ぶりを示していたそれは、何度か唇を使って扱《しご》くうち、みるみる膨張していった。

「くっ……莉々、それいいっ……」

彼が快感を覚えているのは、言葉を聞かずとも反応でわかる。

下から上へ、上から下へと往復するたびに、彼の高ぶりがぴくん、ぴくんと小刻みに震えるからだ。

いつの間にか、先端からは透明な液体が滲《にじ》んでいる。鈴口の部分をぺろりと舐めると、少し塩辛い。

柳原が感じてくれてる味なのだと思うと愛おしく思えて、舌の先でもう一度なぞってみる。

「……こら、遊ぶなって……！」

「ん、ゃあっ……！」

彼が私の愛撫に気を取られていたのは、ほんの僅《わず》かな時間のみ。

負けじと舌を入り口に宛てがい、快感を送り込んでくる。

「っ……はぁっ……」

「ぁ、あっ……くふぅっ……」

互いに奉仕に専念しているために、しばらくはふたりの吐息と喘《あえ》ぎ声だけが耳に響く。

絶えず鋭い快楽を下腹部に感じつつ、柳原の気持ちのいいポイントを探るように、根元から先端までを舌で舐め上げたり、指先で扱《しご》いて刺激してみたりした。

時折、根元の下方――ずっしりと重みのある膨らみも口に含んで、独特の感触がするつるつるした皮膚を食《は》んだりもした。

最初のほうはくすぐったかったのか多少身を捩《よじ》ったりしたものの、彼自身がさらに硬度を増したことで、ここも嫌ではないのだなと知る。

「はぁっ……くっ、莉々っ……それ、けっこうヤバいんだけどっ……」

抑えた音量ではあったものの、差し迫った声音。

彼のモノを奥まで咥《くわ》えるため支えていた指先に、幹に浮き出た血管が感じ取れる。

「そんなにエロい舐め方されるとっ……俺ももっと頑張んないといけないよなっ……」

「うんん――っ！」

柳原は秘芽や襞《ひだ》の形を確かめるように動かしていた舌先を、入り口の部分に埋め込んだ。

そして、まるで彼自身でそうするみたいに、出したり挿《い》れたりを繰り返す。

「やぁあっ、それっ……んんっ……！」

「気持ちいい？」

訊《たず》ねながら、秘芽をきゅっと摘《つま》む柳原。

身体が大きくびくんと跳ねる。

なにこれ——彼のものを挿れられているわけじゃないのに、気持ちいいっ……！

「聞いてる？　……気持ちいい？」

「ふぁ、ぁあっ……ゃあんっ！」

答える余裕がないくらいの、眩《まばゆ》い快感。

彼はというと、私の入り口を抉《えぐ》りながら、指先では秘芽を捏《こ》ねたり摘んだりを続けている。

「莉々のここ、すごいんだけど。パンパンに膨らんでる」

ここ——と言いながら、秘芽をぐりっと指先で潰すように刺激する。

パンパンだとわかっているのなら、これ以上擦らないでほしいのに。

このままじゃ、頭が真っ白になって、何も考えられなくなってしまう。

「だ、めっ……渉、それ、だめっ……」

「何がだめ？　……膨らんだここを、こうやって擦るのが？」

「ふぁあっ……!!」

一番敏感な性感帯を執拗《しつよう》に攻められ、身体の中心がジンジンする。

もはや痛みにも通じるような快感で、気持ちいいのか痛いのか、その境界線がわからない。

「だ、めなのっ……そんなにされるとっ……あ、頭っ……おかしくなっちゃうっ……！」

彼への愛撫も放り出し、苦痛にすら思える快感に身を震わせた。

「お前のだめは当てにならないんだよ。そんなによがってるくせに」

「やあっ……」

「俺が弄《いじ》りやすいように腰突き出しちゃって。よっぽど感じてるんだな」

無意識のうちに腰を浮かせているのだと指摘されて、また恥ずかしくなる。

けれども今だけは、その羞恥《しゅうち》さえもが快楽に変換される時間だ。

柳原と身体を重ねるたびに、私は彼の意地悪な言葉に対して快感を覚えるようになったのだ。

「……また溢れてきた」

身体の一番奥のほうから、熱く湧いてくるものを感じる。

どうしよう、気持ちいい。

気持ちいいのが止まらない――……！

「ほら、ちゃんと咥《くわ》えて。口が留守になってる」

快感の波に翻弄され、どこか薄い膜がかかったみたいな意識で彼の言葉を理解する。

促されるまま、彼のものを再び咥え込んだ。

少し柔らかくなっていたものの、軽く唇で食《は》みながら鈴口の周りを刺激することで、すぐに先ほどまでの逞しさを取り戻す。熱くて、硬い。

「――っ、莉々。一回、出したいっ……」

先ほどよりもずっと切羽詰まった声だった。もう我慢の限界なのだろう。

「んっ……いいよっ」

「……このまま、出していい？」

このまま――口のなかで、ということだろう。

私には、口のなかに出されるという経験はなかった。

僅《わず》かな間、躊躇《ちゅうちょ》したけれど――

「……うんっ……いいよ……」

義務感でもなく、また、断れないからという理由でもなく頷いた。

――柳原のだったら受け入れられると、素直に思えたから。

私は彼のものを深く咥えると、舌の表面を幹に宛てがいながら大きくピストンを始めた。

「ん、ふむぅっ……！」

彼のほうも、快感に蕩《とろ》けてしまいそうな私の身体を高みに導こうと、舌先の抽送を速める。

ときには秘裂全体を舐め上げたり、秘芽を軽く吸い上げたりして、確実に追い立てていく。

「莉々っ……もう、イくっ……！」

「んっ――はぁっ……ぁあっ……!!」

身体の中心で何かが弾けるような衝撃のあと、甘美な感覚が広がる。

その余韻《よいん》に浸《ひた》りながら、口のなかの彼がこれ以上ないくらいに膨張して――温かな液体が流れ込んできた。

「んっ……！」

予想していたよりもたくさん注がれた気がして、びっくりした。

放出が終わると、彼は一度起き上がり、枕もとのティッシュを二、三枚取って私に差し出す。

「口のなかの、ここに出して」

上体を起こしながらティッシュを受け取り、言われるままそこに白濁した液体を吐き出した。

うっすらと、苦い後味が広がる。

「――ありがとな」

柳原は、まだ何が起こったかわからないといった様子の私を抱きしめて、目元にそっとキスをする。

「ごめん。本当は嫌だったろ？」

驚きのあまり呆然としている私の様子を察してか、彼は珍しく気遣うそぶりを見せた。

「ううん、そうじゃない」

首を横に振って答える。

嫌だという思いはなかった。ただ何よりも、勢いよく口のなかで溢れるそれにびっくりしてしまった。

それに加えて、してはいけないことをしてしまったような――でも、彼の要望を受け入れられてうれしいような――。そんなさまざまな感情が入りまじった、不思議な気分だった。

「……それならいいけど」

暗いせいでわかりづらいけれど、彼の表情はホッとしているように見えた。

私が彼のロンTの裾を摘《つま》んで言う。

「ねえ、渉……」

「うん？」

「私、さっきみたいなのって初めてだけど……渉とだったら嫌じゃない」

絶頂感のあとで解放的になっているのか、普段だったら気恥ずかしい言葉も口にできた。

多分、他の男の人のだったら強い嫌悪《けんお》を覚えたはずだ。

けれどそうじゃなかったのは、私は心底柳原のことが好きだからだという印に思えた。

今だって、ふたりで一度上り詰めたはずなのに――まだ彼と触れ合いたい。

――もっと彼が欲しい。

「だから……ちゃんと、最後までしよ？」

「莉――」

彼の呼びかけが終わらないうちに、私は彼の首元に抱きついて自ら口付けをせがんだ。

熱く重なる唇が、まだ私たちの夜が終わらないことを示していた。

避妊具をつけてほしい、と言い出したのは柳原だ。

そんなことを頼まれたのは初めてだったし、そもそもそれは男の人がさりげなく装着してくれるものだと思っていたのだけれど――要求通り、まだ硬度を保ったままの彼自身に被せようと試みた。爪で傷つけてしまわないよう、根元のほうまでするすると上手く下ろすことができてホッとする。

「これで……いい？」

おずおずと彼に問いかけると、彼が頷く。

そして私をベッドへ仰向《あおむ》けに横たわらせて、その両脚を抱えた。

「挿《い》れるよ」

「……うん」

邪魔な衣服は全て脱ぎ去り、生まれたままの姿になった私たち。

照れくささを感じつつ、柳原の問いかけに頷くと――

「んんっ……！」

訪れる圧迫感。入り口を分け入り、ゆっくりと彼自身が侵入してきた。

時間を掛けて最奥まで達し、私と彼は身体の中心で深く繋がる。

「痛くない？　……平気？」

私の顔を覗き込み、彼が訊《たず》ねる。

「……大丈夫」

先ほどまでの激しい愛撫の余韻《よいん》で、彼と繋がるその場所は十分に潤っていた。痛みを感じるどころか、内壁を擦り上げる行為に官能を刺激されて、甘い疼《うず》きが走る。まるで、もっと彼の存在を感じたい……更なる快感が欲しい、と示すかのように。

「動いてほしい？」

「ぁあっ……」

そんな私の気持ちを感じ取ったのかもしれない。柳原は囁《ささや》いて言うと、徐々に抽送を始める。

薄いゴムの膜越しに、彼の熱がしっかりと感じられた。深く突かれたり、浅く突かれたり、変化があるたび、違う場所が擦れて気持ちいい。

「ぁ、ああっ……んんっ……！」

身体のなかを心地よく抉《えぐ》られて、吐息のような喘《あえ》ぎが零れてしまう。

彼はそれを満足そうに聞きながら、私の身体を貪《むさぼ》っていく。

「俺とするの、待ち遠しかったんだろ」

「ふぁ、んっ……」

「答えろよ。……俺と、したかったんだろ」

意地悪な彼は、それを私の口から直接聞きたい様子だった。

快感と加虐心がまじった表情で私を見下ろして訊ねる。

「ん……し、したかったっ……」

再び高まってくる熱に浮かされ、私はその視線から逃れるようにぎゅっと目を閉じて答えた。

負けず嫌いで張り合いたい性格の私だけれど、こういうときは不思議と素直になれる。

このときばかりは柳原に支配されてもいいと――むしろされたいとさえ思えてしまうのはなぜだろう。

「……セックスできれば、誰とでもいいの？」

頬を軽くつつかれ、目を開けるように促される。そして彼がまた訊《たず》ねてきた。

そうっと目を開けると、彼は明らかに私の反応を愉しんでいる顔つきだった。

その間も律動は止まない。私と自分自身の快感を高めようと、力強く中心を穿《うが》ち続ける。

「そ……んなわけ、ないよっ……」

完全に彼の思惑通りだと感じつつも、答えずにはいられない。

「渉だからっ……渉のことが好きだから、したいって思うのにっ……」

身体の関係から入ったのだし、他人から見れば後付けだと言われてしまうかもしれない。

でも、今彼を想う気持ちに偽りはないし、私が恋愛感情を抱いているのは、この世界に彼だけだと誓える。

こうして抱き合って身体を繋げることで改めて感じた。

私は彼のことが好き。他のどの女性にも取られたくないし、こんなふうに触れてほしくない。

――それほど深く、愛しているのだと。

「……莉々」

彼が私の名前を呼んで、きつく抱きしめる。

柳原は私に言わせたがる割に、自分ではほとんど「好き」とか「愛してる」なんてフレーズを口にしない。

まだ付き合って間もないこともあるのかもしれないけれど、私が耳にしたのは、告白されたとき、一回きりだ。

おそらくそういうことをあまり言わない人なのだと思う。いや、言えない人と言うべきか。だけど最近わかってきた。彼が私に対してそういう想いを抱いたとき、私の名前を呼ぶことでそれを表現しているのだと。

だから、こうやって名前を呼ばれると、頭のてっぺんからつま先までが満ち足りた気分になる。

……名前を呼ばれるたびに、柳原のあの甘い囁《ささや》きで「好きだよ」と告げられているように思えて。

「渉……キスして……」

私がキスをせがむと柳原は自分の唇を私のそれに押し付けてきた。
二、三回、唇同士が触れ合うだけのキスのあと、彼は何か思いついたように小さく笑って言った。
「これ……俺のだと思って、してみて」、

「これ」と言いながら突き出したのは彼の舌だ。

どういう意味なのだろうと視線で彼に問いかける。

「これが……今お前のなかに挿入《はい》ってるものだと思って、気持ちよくしてみせて？」

「っ……！」

思わぬ要求に戸惑いつつも、私は小さく頷いて、彼の舌先をぺろりと舐めた。

それから、唇を使って咥《くわ》えるみたいに優しく扱《しご》く。

当たり前なのだけれど、本物の彼自身とは質量が違う。彼自身であれば口いっぱいになって苦しくなるところが、舌ならじっくり舐めたり扱《しご》いたりできる。

舌の側面から先端までをなぞったり、先端を咥《くわ》えて何度も唇を往復させたり。

息継ぎで私が口を離したとき、柳原がまた囁《ささや》く。

「……そうやって俺の、舐めてたんだ？　エロいな」

私の羞恥《しゅうち》を煽《あお》る台詞《せりふ》。それを耳にして、自分の体温がさらに高くなったように感じた。

「言って？　……こんなふうに、俺のを舐めてたって」

「っ、んんっ……」

下半身から絶えず送り込まれる快楽で、混濁する思考。私は、促されるままに言った。

「……渉のっ……私、……こうやって舐めてたっ……」

自ら卑猥《ひわい》な言葉を口にすることで、また得られる快感もあるのだと知った。

羞恥の領域を突き破ると、そこにはそれまで経験してこなかった類《たぐい》の興奮が待っている。

柳原は、「よく言えたね」と言うかのように私の頭を撫でると、抽送のスピードを一気に速めた。

――このまま一気に上り詰めようということなのだろう。

「はぁっ、ぁあっ!!」

触れ合う場所すべてが気持ちよかった。

接合箇所はもちろん、唇も、私の脚を押さえる彼の手も、彼の吐息でさえも。

「莉々……もうそろそろ……いい……？」

「うん、いいよ……出してっ……！」

ぶつかる腰の勢いが強くなる。

接合部の粘着質な音の間隔が狭くなり――柳原が深く下腹部を押し付けたそのとき、ゴムの膜越しに彼が激しく脈打つのを感じた。

「あぁあっ……!!　んっ!!」

私の膣内《なか》で達してくれたという想いで、私も強い絶頂感を覚えた。

額に汗を浮かべた彼が脱力して、私の身体に重なる。

「……莉々」

彼が視線だけこちらに向けて、私の名前を呼んだ。

「はぁっ……渉……好きよ」

私は荒い呼吸を繰り返しながら、彼の遠回しな愛情表現に応えたのだった。

◇◆◇

「ねえ、柳原」

「ん？」

それぞれ身体を清め、衣服を身に着けた後。

ベッドをソファ代わりに寄り添いながら、彼に呼びかける。

無我夢中だった情事のときには、彼を名前で呼べたけれど、それが過ぎてしまうと、やはり照れが生じてしまう。

「柳原はさ、結構前から——入社試験のときから、私のことが気になってたって言ったじゃない」

「うん」

「もっと早く私にそれを伝えようって気持ちにはならなかったの？」

「何だよ、突然」

彼のロンTの袖を軽く引いて訊《たず》ねる私に、彼が笑う。

それでも、ちょっと考えるように視線を上げて続けた。

「あんまり思わなかったかな」

「どうして？」

「だってお前、明らかに俺のことを煙たがってただろ。顔を合わせてもそっけない態度だし」

思い出しているのか、柳原は一度少し遠くに目線をやってから、私の顔を覗いて「違う？」と訊ねる。

「そ、それは柳原が悪いんでしょ。私にいつもムカつくことばっかり言ってくるし」

「しょうがないだろ。そういう性格なんだから」

「しょうがないって、そんな言い方ある？」

理不尽な言い訳に口を尖《とが》らせる。

そんな俺様な思考回路だから、全く彼の気持ちに気づけなかったというのに。

「いーんだよ。俺がその気になれば、振り向かせられるって思ってたし」

「すごい自信」

皮肉のつもりで言ったのだけど、彼は得意げな表情を浮かべた。

「実際そうなったろ？」

「……まあ、確かに」

彼の思惑通り、私は彼を好きになってしまった——天敵だったはずの柳原を。

さっき彼に淹《い》れてもらったブルーマロウのハーブティーを思い出す。

レモンを入れたらブルーがピンクに変わるみたいに、私の柳原への感情も、ひょんなところで百八十度変わってしまった。

人間の気持ちってすごく不思議——と思うのと同時に、その不思議がとても面白く、いとおしい。

「園田」

柳原が突然、ふっと真面目な表情になる。そして、私のほうへ身体を向けると、じっと強い眼差しで見つめてくる。

「俺と園田は価値観も考え方も違うし、これからぶつかることもたくさんあると思う。でも、こうなったからには、きちんと向き合っていきたいし——できるだけ長いこと一緒にいたいと思う」

そこまで言うと、彼は片手で私の頬をそっと包んだ。

温かい彼の手——私が何度も癒《い》やしてもらった、優しい手で。

「お前も、同じ気持ちでいてくれるか？」

「……うん」

私はこくりと頷いた。

柳原のことが好き。でももしかしたら、その気持ちが変わってしまう瞬間が訪れるかもしれない。けれど、叶うことならそうならないよう、彼と向き合っていきたい。

彼は私の返事を聞き届けると、そっと顔を近づけて、口付けた。

触れ合った唇から、僅《わず》かにコーヒーの味がした。事が終わり、喉《のど》が渇いたと言った柳原が飲んだ、アイスコーヒーの味。

そのとき。私の頭のなかで、電球が点《つ》いたかのように、何かが鮮明に輝いた。

「あっ！」

「え？」

大切な忘れ物に気づいたみたいな私の声に、柳原が困惑する。

けれど彼のその様子を気にせず、私は嬉々として立ち上がった。

「これだ……思いついた！」

「は？」

「新しいリップだよ！　柳原のおかげで、インスピレーションが湧いたの！　あぁ、忘れないように書き留めておかないと——ねえ柳原、ちょっとパソコン借りてもいい？」

「え、ああ——それは構わないけど」

「今の流れのどこで？」と言わんばかりの柳原をよそに、私はたった今生み出したばかりの商品案を記しておこうと、早速パソコンに向かった。

——翌日。

「うん、いいんじゃないか」

富司さんは、プリンターで出力した企画書を確認すると、大きく二回頷いた。

「『つけた直後と時間が経ったときとで味が変わるリップ』か。なかなか面白いアイディアだ」

「ありがとうございます」

手ごたえのある返事をもらえてホッとする。私は胸を撫で下ろしてお礼を言った。

レモンを入れる、もしくは時間経過で色が変わるブルーマロウ。

そして、キスをしたときのコーヒーの味。

この二つが大きなヒントになり、難航していた企画書作成が完了した。いずれも、柳原とのやり取りで得た発想だ。

見た目と発色が変わるリップ、とか、つけたてと時間経過で香りが変わるリップ、とかなら他のメーカーでも見かけた気がするけれど、味が変わるというのはまだ見ていないように思う。

リップをつける女性なら誰もが一度は経験したことがあるだろうけれど、飲食の際に自身に塗ったリップを食べてしまうことは多い。

だからそれを逆手に取るのだ。自分の好きなフレーバーならその嫌悪感《けんおかん》も軽減するし、時間が経ちフレーバーが変化することで少し楽しみにも感じられる。

富司さんも評してくれたとおり面白い内容だと、つい自画自賛してしまった。

また、「キスするときの勝負リップ」としても推したい、と、企画書に足しておいた。

なぜなら、キスをすると相手の男性にもリップがうつる。そのとき、リップのフレーバーを共有することで、ふたりの距離をより縮められるというわけだ。

「ひとまず預かるよ。上と検討してみる」

「よろしくお願いします」

私は富司さんに深々と頭を下げると、自分のデスクへ戻った。

「莉々、よかったじゃん。富司さん、いい反応だったよね」

席へ戻るなり、瞳子がニコニコ顔で話しかけてくる。

「うん。結構時間もらっちゃったから、なんとか完成してホッとしたよー」

「『味が変わるリップ』ねえ。匂いじゃなくて味とは、盲点だったわ」

瞳子にはざっと概要を伝えてある。彼女は感心したように頷くと、

「それにしても、さらに『キスするときの勝負リップ』だなんて、莉々にしてはずい分色っぽいアイディアじゃない。何、もしかして柳原くんといちゃいちゃしてるときにでも思いついたの？」

なんて言いながら、肘《ひじ》で突いてくる。

「べ、別に」

見透かされて恥ずかしくなった私は、誤魔化すみたいにそっけなく答えた。

「やーだ、照れないでよ～。やっぱり柳原くんのおかげかあ、何かエローい」

「ちょっと、瞳子。聞こえるってば」

茶化す瞳子の声のボリュームが上がってくるのを制しつつも、内心で確かにそうだなと思う。

こんな発想、数か月前の自分にはできなかっただろう。現に、柳原とキスしたときに湧いたインスピレーションだったわけだし。

そういう意味では、改めて彼に感謝しなければ。

「でも上手くいってるみたいでよかった。柳原くん、オフィスにいること少ないし、莉々も忙しいだろうから、ちょっと心配だったんだよね」

声を潜《ひそ》めて続ける瞳子の言葉に、行動予定表が書かれているホワイトボードを見やった。

柳原の名前のとなりには、「外回り」の文字と、行先である百貨店の名前。

最近は、本当にオフィスを離れることが多いなあ、なんて考えつつ、昨夜の柳原の台詞《せりふ》を思い出す。

『俺と園田は価値観も考え方も違うし、これからぶつかることもたくさんあると思う。でも、こうなったからには、きちんと向き合っていきたいし——できるだけ長いこと一緒にいたいと思う』

まだまだお互いの知らない部分もたくさんあるだろうし、仕事でのすれ違いや、女性社員にモテる柳原にヤキモキすることだってあるかもしれない。

でも、彼がそんなふうに思ってくれて、それをきちんと言葉にしてくれるのならば——私は彼を信じて、ついていきたい。

「ありがとう、瞳子。大丈夫だよ」

私は一片の曇りもない気持ちでそう答えた。

そう、私たちは大丈夫。同じ気持ちを抱いている限り、これからもバカな冗談を言い合ったり、ケンカしたりしながらも、もっともっといい関係を築いていける。

「お疲れ様です、今戻りました」

ちょうどそのとき。タイミングよく、想い人が現れた。

「おう、お帰り。早かったな」

「思ったよりも話がスムーズに運んだんで」

柳原は朗《ほが》らかに声を掛けた富司さんのもとで二、三、やり取りをしたあと、ふっとこちらへ視線を向ける。

私は、愛しい人にこっそりと微笑みを返した。

エタニティ文庫

装丁イラスト／相葉キョウコ

エタニティ文庫・赤

それでも恋はやめられない

小日向江麻

婚約していた彼に、突然別れを告げられた有《あり》
紗《さ》は、辛い過去を断ち切るため、新生活の舞台を東京に移すことを決意する。そこで、年下のイトコ・レイとシェアハウスをすることになったのだが、久々に再会した彼は、驚くほどの美青年になっていた！　しかも、なぜか有紗に積極的に迫ってきて……!?
ドキドキのシェアハウス・ラブストーリー！

装丁イラスト／ minato

エタニティ文庫・赤

トラベル×ロマンス

小日向江麻

箱入り娘の篠宮《しのみや》清《すず》花《か》は父から、自分に婚約者がいると告げられる。「親の決めた許婚なんて!」と、プチ家出を決行するが、なんと旅先に向かう新幹線で、素敵な男性との出会いが！　彼とは仲良くなれる？　婚約は取り消してもらえる？　旅の素敵なハプニングが恋を呼ぶ、トラベルロマンスストーリー！

※エタニティブックスは大人の女性のための恋愛小説レーベルです。ロゴマークの色で性描写の有無を判断することができます（赤・一定以上の性描写あり、ロゼ・性描写あり、白・性描写なし）。

詳しくは公式サイトにてご確認ください。
http://www.eternity-books.com/

携帯サイトはこちらから！

エタニティ文庫

装丁イラスト／一夜人見

エタニティ文庫・赤

初恋ノスタルジア

小日向江麻

初恋の人・孝佑と、約十年ぶりに同僚教師として再会した梓。喜ぶ梓とは裏腹に、彼は冷たい態度。しかも、新授業改革案を巡って、二人は会議のたびに対立するようになる。彼があんなふうに変わってしまった、その理由は？　そして、梓の揺れ動く気持ちは、どこへ向かっていくのか？　――初恋を大切にしたいすべての人に贈る、とびきりの恋物語。

装丁イラスト／相葉キョウコ

エタニティ文庫・赤

マイ・フェア・プレジデント

小日向江麻

「あなたを……我が社の次期社長としてお迎えしたい」――家族のためにダブルワークをする真帆への突然の申し出。あまりに突拍子のない話に一度は断ったものの、会社のために一生懸命な正紀の態度に心を打たれ、真帆はその申し出を受ける。次第に正紀に惹かれていく真帆。だが、正紀のこの申し出には、大きな策略が隠されていて――

※エタニティブックスは大人の女性のための恋愛小説レーベルです。ロゴマークの色で性描写の有無を判断することができます（赤・一定以上の性描写あり、ロゼ・性描写あり、白・性描写なし）。

詳しくは公式サイトにてご確認ください。
http://www.eternity-books.com/

携帯サイトはこちらから！

〜大人のための恋愛小説レーベル〜

ETERNITY
エタニティブックス

装丁イラスト／motai

エタニティブックス・赤

ガーリッシュ

藤谷 郁

ハプニングで、とあるイケメン男性が大切にしていたネックレスをなくしてしまった亜衣。お詫びに彼の手伝いをすることになったけど、その仕事内容は……超売れっ子“エロ漫画家”アシスタント⁉　しかも亜衣は、作画資料にとエッチなコスプレを強要されて……。純情乙女とイケメン漫画家の、どきどきラブストーリー！

装丁イラスト／小島ちな

エタニティブックス・赤

秘め事は雨の中

西條六花

彼氏にひどい振られ方をした杏子《きょうこ》。ショックのあまり雨の中、傘も差さずに佇んでいると、たまにバスで見かける男性に声をかけられた。ずぶ濡れの杏子を気遣ってくれる彼。その優しさに戸惑う彼女に、彼は以前から好きだったと告げてきて——。雨が降る日の逢瀬からはじまるラブストーリー。

※エタニティブックスは大人の女性のための恋愛小説レーベルです。ロゴマークの色で性描写の有無を判断することができます（赤・一定以上の性描写あり、ロゼ・性描写あり、白・性描写なし）。

詳しくは公式サイトにてご確認ください。
http://www.eternity-books.com/

携帯サイトはこちらから！

女子高生の沙帆子《さほこ》は、モデル並みに
かっこいい化学教師の佐原先生に片思い中。
だけど、親の都合で引越しすることになったため、
この恋もこのまま終わりかと思っていたら……
どうして先生と結婚することになってるの!?

B6判　定価：640円+税　ISBN 978-4-434-20485-2

小日向江麻（こひなたえま）
東京都在住。2004 年より Web サイト「*polish*」にて ichigo 名義で恋愛小説を公開。
「マイ・フェア・プレジデント」にて出版デビューに至る。

HP「*polish*」
http://www.polish.sakura.ne.jp/

イラスト：相葉キョウコ

いじわるに癒《い》やして

小日向江麻（こひなたえま）

2015年 5月 31日初版発行

編集ー城間順子・羽藤瞳
編集長ー塙綾子
発行者ー梶本雄介
発行所ー株式会社アルファポリス
〒150-6005 東京都渋谷区恵比寿4-20-3 恵比寿ｶﾞｰﾃﾞﾝﾌﾟﾚｲｽﾀﾜｰ5F
TEL 03-6277-1601（営業） 03-6277-1602（編集）
URL http://www.alphapolis.co.jp/
発売元ー株式会社星雲社
〒112-0012東京都文京区大塚3-21-10
TEL 03-3947-1021
装丁イラストー相葉キョウコ
装丁デザインーansyyqdesign
印刷ー大日本印刷株式会社

価格はカバーに表示されてあります。
落丁乱丁の場合はアルファポリスまでご連絡ください。
送料は小社負担でお取り替えします。

ISBN978-4-434-20652-8 C0093